鲍尔吉·原野 作品

黎明的云朵

江苏凤凰文艺出版社

目 录

不要和春天说话

春天喊我 _ 3

春是春节的春 _ 5

不要跟春天说话 _ 8

春如一场梦 _ 10

春天是改革家 _ 15

春雪的夜 _ 18

小鸟与春天 _ 21

早春 _ 23

三月的预言 _ 26

四月 _ 30

初夏 _ 33

仲夏 _ 36

夏季从阿龙山开始 _ 39

七月有权力炎热 _ 44

初秋 _ 47

中秋的秋 _ 49

四季 _ 50

节气

立春 _ 57

雨水 _ 60

惊蛰 _ 63

春分 _ 66

清明 _ 69

谷雨 _ 73

立夏 _ 76

小满 _ 79

雨下在夏至的土地上 _ 82

立冬 _ 84

大寒 _ 88

雨的灵巧的手

玻璃上的雨水 _ 95

金毡房 _ 99

没有人在春雨里哭泣 _ 100

桑园的雨 _ 104

水滴没有残缺 _ 106

铁皮屋顶上的雨 _ 108

阳光金币 _ 111

夜雨光区 _ 112

雨，晚上好 _ 114

雨从窗台进屋，找水喝 _ 116

雨的灵巧的手 _ 120

雨滴耐心地穿过深秋 _ 123

雨落在白花花的大海上 _ 126

雨中穿越森林 _ 128

在雨中跑步 _ 130

云的小村庄

黎明的云朵 _ 135

云彩 _ 137

云的小村庄 _ 139

云是一棵树 _ 142

乌云 _ 145

云中的秘密 _ 148

青海的云 _ 151

云沉山麓 _ 153

云的事 _ 155

风里有什么

风 _ 159

风到底要吹走什么 _ 161

风里有什么 _ 164

这么小的小风 _ 166

多快的手也抓不住阳光

曙色 _ 171

多快的手也抓不到阳光 _ 175

光 _ 178

光的笑容 _ 182

关于光 _ 185

幸福村中路的暖阳 _ 188

更多的光线来自黄昏 _ 190

黄昏无下落 _ 194

伸手可得的苍茫 _ 197

光与棋 _ 199

准噶尔汗国故城的日出 _ 200

火苗去了哪里

火 _ 205

火柴 _ 208

火的伙伴 _ 210

火花 _ 212

火琉璃 _ 215

火苗去了哪里？_ 218

走到哪里都认得出火的模样 _ 220

雪落在雪里

残雪是大地褴褛的衣裳 _ 227

凤凰号探测器报告：火星下雪了…… _ 230

每片雪都在找一个人 _ 233

雪落在雪里…… _ 234

为孩子降落的雪 _ 238

雪的前奏 _ 240

雪地篝火 _ 242

雪地狂草 _ 245

雪不是一天化的 _ 247

太阳在冰上取暖

冰凌 _ 253

冰的纹 _ 254

冰雕 _ 257

冰窟窿 _ 259

水结冰时终于喑哑 _ 264

太阳在冰上取暖 _ 268

眺望冰河 _ 270

冰雪那达慕 _ 272

不要和春天说话

春天喊我

街上有今年的第一场春雨。

春雨知道自己金贵，雨点像铜钱一般"啪啪"甩在地上，亦如赌徒出牌。

下班的人谁也不抱怨，这是在漫长的冬天之后的第一场天水；人们不慌张，任雨滴清脆地弹着脑门。在漫长的冬天，谁都盼着探头一望，黄土湿润了，雨丝随风贴在脸上。但是在冬天，即使把一瓢瓢清水泼在街上，也洒不湿世界，请不来春意，除非是天。

然而在雨中，土地委屈着，浮泛腥气，仿佛埋怨雨水来得太晚。土地是任性的情人，情人总认为对方迟到于约会的时间。在犹豫的雨中，土地扭脸赌着气，挣脱雨水的臂膀。那么，在眼前已经清新的时刻，凹地小镜子似的水坑向你眨眼的时刻，天地融为一体，如同夫妻吵架不需别人苦劝，天地亦如此。

在下雨之前，树枝把汁水提到了身边，就像人们把心提到嗓子眼儿，它们扬着脖颈等待与雨水遭逢。我想，它们遭逢时必有神秘的交易，不然叶苞何以密密鼓胀。

路灯下，一位孕妇安然穿越马路，剪影如树的剪影。

我坐在街心花园的石椅上,周围是恋爱的人。雨后的春花,花园中恋爱的人即使增加十倍也不令人奇怪。我被雨水洗过的黑黝黝的树枝包围了,似乎准备一场关于春天的谈话。树习惯于默不作声,但我怎能比树和草更有资格谈论春天呢?大家在心里说着话。起身时,我被合欢树的曲枝扯住衣襟。我握着合欢的枝,握着龙爪槐的枝,趴在它们耳边说:"唔,春天喊我!"

春是春节的春

春是春节的春。小孩子像一堆红萝卜四处滚动,他们兜里多了钱,还有鞭炮,眼睛东张西望。柴火垛的积雪把孩子脸蛋映衬鲜红。春节驾到,它被厨房大团的蒸汽蒸出来,天生富足。人集体换上同样的表情:憧憬的、采购的、赴约的、疲倦的,打底是豪迈的表情,即春节的表情。一只小白狗往桑塔纳车轮撒尿做记号,一会儿车开了,上哪儿找这个记号呢?春节把小狗乐糊涂了。春节是家家召开的总结表彰大会、烹饪大会、时装发布会、项目规划会,参与人士为全体国民。

春是春雪的春。正月的雪,是天送给地的一笔厚礼。若半尺厚,春小麦就有了一床暄暖的厚被。雪沃大地,黑龙江省进入童话,吉林省进入版画,辽宁的雪待不上几天就化,气温高。春雪飘落,带着伞翼,旋转而下,把枯草包裹晶莹。屋顶的雪借阳光变为参差耀眼的檐冰,一边淌水,一边延伸。

春是春分的春。每年三月二十一日前后,太阳抵达黄经零度,昼夜均,寒暑平,阴阳相半。这天正午,在太阳的脚步落下那一刻,被天文学视为北半球春季的开始。保定农谚唱：春分麦起身，一刻值千金。

春是春水的春。庾信《燕歌行》："洛阳游丝百丈连，黄河春冰千片穿。"春冰薄如翼，捡一片放在手心，透出鲜红的掌纹，与玻璃一般。俄尔缩为水。春水浩荡，越岭翻山。旧日的东北土匪，此际出山拆冰。桃花水下来，冰块壅塞河道，影响木排运输。商人请胡子（匪）拆冰，匪们喝过酒，上冰，撑木杆左支右绌，轰隆一声，冰泄河通。胡子或永久失踪，或从哪个地方爬上岸，挣的是舍命钱。大部分江河，冰化水，如鱼下锅，酥了，碎了。我的感觉，冰在春夜比白昼化得快。春水流桃花，落红搭上了薄冰的小舟。想起黎锦晖那首《桃花江是美人窝》："有人说，说什么？桃花江是美人窝。桃花千万朵，不如美人多。"

春是春草的春。柳枝在河面练习书法，字被波纹抹掉。不觉间，地上浮现密密麻麻的字，连成片是草书，它们是春草。草是春天的信函，连篇累牍，蘸着绿色的墨汁，写到天涯海角。有人说，画兰须备书法功底，苛求于"笔"，"墨"则次之。而草的象形书法，撇捺通脱，开张奔放，是米芾的行草。这些草书，叫"大地回春帖"，被大地当衣裳披在身上，向夏天走去。

春是春耕的春。祭土神的春社过了，"桑柘影斜春社散，家家扶得醉人归。"春牛登场，地表阳升。农人扶犁挥鞭，头顶有燕子飞掠。庄稼人开始忙了，把粮食从地里忙进仓里，春耕是头一天。

春是春天的春。唐代称酒为春，"软脚春""垆头春"

等。曲艺界称相声为春，"宁送一锭金，不教一口春。"《诗经》里，思慕异性是春，"有女怀春。"在大自然看来，只有春天才是春。杜甫《腊日》诗："侵陵雪色还萱草，漏泄春光有柳条。"春天所以为春，是万物皆萌，四季轮回的新一轮又开始了。春天所以叫天，是天的心情很好，江河风雨，温润和顺，柳絮乱飞也没惹老天爷生气。春天里，管弦乐队应该去田野里演奏。鲍罗丁《在中亚细亚草原上》或者德沃夏克《斯拉夫舞曲》，均广大深厚，田野吐出带甜味的呼吸。在春天，大地的胸膛潮湿澎湃，让生长的生长，让冬眠的醒来，让花朵在坚硬的枝头站成一排排蝴蝶，让孩子在乡村的学堂里朗读。

教员（温柔）：春……

孩子（倔强）：春！

教员（端正）：春天的春……

孩子（强烈）：春天的春！

喊声太大了，屋檐的小鸟惊飞，风从树林跑过来，看这里到底发生了什么事。

不要跟春天说话

春天忙。如果不算秋天，春天比另两个季节忙多了。以旅行譬喻，秋天是归来收拾东西的忙，春天是出发前的忙，不一样。所以，不要跟春天说话。

蚂蚁醒过来，看秋叶被打扫干净，枯草的地盘被新生的幼芽占领，才知道自己这一觉睡得太长了。蚂蚁奔跑，检阅家园。去年秋天所做的记号全没了，蚯蚓松过的地面，使蚂蚁认为发生了地震。打理这么一片田园，还要花费一年的光景，所以，不要跟蚂蚁说话。

燕子斜飞。它不想直飞，免得有人说它像麻雀。燕子口衔春泥，在裂口的檩木的檐下筑巢，划破冬日的蛛网。燕子忙，哪儿有农人插秧，哪儿就有燕子的身影。它喜欢看秧苗排队，像田字格本。衔泥的燕子，从不弄脏洁白的胸衣。在新巢筑好之前，不要跟燕子说话。

如果没有风，春天算不上什么春天。风把柳条摇醒，一直摇出鹅黄。风把冰的装甲吹酥，看一看冰下面的鱼是否还活着。风敲打树的门窗，催它们上工。风把积雪融化的消息告诉耕地：该长庄稼了。别对风说："嗨！"也别劝它休息。春风休息，春天就结束了。

所以，不要跟春风说话。

雨是春天的战略预备队。在春天的战区，风打前阵，就像空军作第一轮攻势一样，摧枯拉朽，瓦解冬天的军心。雨水的地面部队紧接着赶到，它们整齐广大，占领并搜索每一个角落，全部清洗一遍，让泥土换上绿色的春装。不要跟它们讲话，春雨军纪严明。

草是春天的第一批移民。它们是老百姓，拖儿拉女，自由散漫。草随便找个地方安家，有些草跑到老房子屋顶，以及柏油路裂缝的地方。草不管这个，把旗先竖起来再说。阳光充足的日子，草晾晒衣衫被褥，弄得乱七八糟。古人近视，说"草色遥看近却无"。哪里无？沟沟壑壑，连电线杆子脚下都有草的族群。人见春草生芽，舒一口气，道：春天来了！还有古人作诗："溪上谁家掩竹扉，鸟啼浑似惜春晖。"（戴叔伦《过柳溪道院》）"渭北春天树，江东日暮云。"（杜甫《春日忆李白》）春晖与春树都比不过草的春意鲜明，它们缝春天的衣衫，不要跟忙碌的缝衣匠说话。

"管仲上车曰：'嗟兹乎，我穷必矣！吾不能以春风风人，吾不能夏雨雨人，吾穷必矣。'"（《说苑·贵德》）没有谁比春天更厉害，管仲伤感过甚。看春天如看大戏，急弦繁管，万物萌生。在春天，说话的主角只有春天自己，我们只做个看官。

春如一场梦

每年近春,我脑子会冒出一个念头,内心被这个念头诱惑的高瞻远瞩,双腿奔忙如风火轮。静夜想,我想我可能找到了人生的真谛,年华从此不虚度。但每次——已经好几次——我的念头被强大的春天所击溃,我和我的计划像遗落在大地上的野菜一般零落不足惜。

我的念头是寻找春天从哪里开始。这不是一个伟大的计划吗?当然是,但是春天到底从哪里开始的呢?

众人所说的春意,对我住的地方而言,到了三月中旬还没动静。大地萧索,上面覆盖着去年秋天戗伏的衰草,河流也没解冻。但此为表相,是匆匆一瞥的印象,是你被你的眼睛骗了。蹲下看,蒲河的冰已经酥化起层,冰由岩石的白化为鸡蛋壳的白。它们白而不平,塌陷处泛黑,浸出一层水。底层的河水与表面的冰相沟通。这是春天的开始吗?好像不是,这可算春天来临之前河流的铺垫,距人们所说桃红柳绿相距甚远。或者说,这是冬天的结束?说当然是可以这么说,然而冬天结束了吗?树的皮还像鳄鱼皮一样灰白干燥,泥土好像还没活过来。我读一本道家谈风水的书,书上说阳春地下有气运行。大地无端鼓起一个包,正是地气汇聚所致。此时看,还看不出哪个地方鼓起土包。

有一件事我们要厘清:塞地冬季的结束与春天到来会分明吗?这事说不好,谁也不敢定。冬天有多少种迹象代表冬?春天有多少种迹象代表春?我们作为渺小的人类真的说不清,政府也说不清。你说冬天有白雪,然而春天有春雪。大自然或曰天道不会把季节安排得像小学一年级、二年级那么清楚。

大地寂寥,现在是三月下旬,四周依旧静悄悄。田野没有绿衣、野花和蝴蝶。大地仿佛入定了,没谁能改变它。谁能让这么大一片土地披上新装,谁能让小鸟翻飞缭绕,谁能让小虫在泥土上攀爬,谁能让毫无色彩的大地上开遍野花。渺小的人类不能,政府也不能。所能者只有春天。在这个时刻瞭望春天——假如他从未经历春天的话——会觉得春天可能不来了,一点消息都没有。我回想往年的春天每每像不来了,每每轰然而至。它之到来如卸车,卸下无数吨的青草,更多吨的绿叶,一部分吨的鲜花,更少吨的小鸟、甲虫和云母片一般天上的轻云。那是哪一天的事,某确实记不得了。这只是某一天的事,是去年春天的事,是往事。

作为一个悭吝的人,我不情愿让春天就这样冲过来了事,不如捕捉一些线索,看它怎样动作。我住在沈阳北三环外的远郊。此处无所有,聊备大野荒。政府把这里几十平方公里的耕地买下卖给开发商,由于楼市低迷,后者不敢再盖楼,四处荒芜。政府在此造好道路,路两厢栽上桃树、杏树、樱花树等应有尽有一切树，春天一并开放。花树与撂荒的土地构成史前时期的粗粝地貌，使我不负责任地感到十分美好。我在荒地上奔走，虽不种地但比种地的农民还忙，我要找眼前哪管一点点绿的痕迹，没有。坐下来歇息时，却见柳条软了，柳枝在褐色外面敷盖一层微黄。我跳起来去看那黄的柳枝，此色如韩愈所说"近却无"矣。手在地上抓两把土，土松软，并有潮湿的凉意。

春天在某一个地方藏着呢。它藏在哪儿呢？地虽大，但装不下春天。天上空空如也，也藏不了一个春。我如果没误判，春藏在风里，它穿着隐身衣在风里摸一下土，摸一下河水，摸一摸即将罗列蓓蕾的桃树枝——以此类推——摸一摸理应在春天里苏醒的所有生物含蚂蚁。这就像解除了缚束万物的定身法，万物恍然大悟，穿上花红柳绿的衣衫闯入春天。

三月末，我赴长春勾留两日，办完事装模作样在净月潭环潭跑步十八公里，要不当天就回来了。回来一看，糟了！荒地的低洼冒出了青草，大地悄悄流淌着青草的溪流。它们趁我不备，搞了一场偷袭。我走过去，蹲下，连哭的心都有了。这才两天的事，你们却这样了。我本想让青草在我眼皮底下冒出来，接受我的巡礼与赞美，我却去了长春。知道这个，我去什么长春呢？青草——我本想对它们说我待你不薄，细想也没对人家怎样就不说了。大地之大部分仍被白金色的枯草所占领，但每一块枯草下面都藏着青草的绿芽，它们是今年的春草，无所畏惧地来到了世上。

我知道春天并非因我而来，却想知道春的来路，然而这像探寻时间的起点一样困难。相对论说明：时间的快慢取决于物体穿过空间的运动的快慢以及它们靠近通过引力牵引它们的大质量物体的程度。量子力学显示：在最微观尺度下，事物的实质和存在变得很奇怪，比如两个粒子可以以某种方式纠缠起来，且不管两者距离有多远。我尽可能通俗地引用物理学论述，但足以说明所谓"时间"是一个含糊的表达，它没有开始，同样没有开始的还有春天。

归来两日，大地每日暴露一些春的行迹。桃花迟迟疑疑开了，半白半红。而没开的蓓蕾包着深红的围脖。连翘是春天的抢跑者，举着明黄的花瓣，堂皇招摇。若醒的早，会听到鸟儿在曦光里畅谈古今（天亮时间五点三十分左右）。此乃春之声，冬日窗外无鸟语，因为无鸟。跑步时，我发现了一只纽扣大的蝴蝶，紫色套金边（暗含柬埔寨首都之名）。它像不会飞，它却一直飞，离地二十厘米许。我跑步掐表，本不愿停下，却面对这只二〇一六年第一只蝴蝶发了一阵呆，它是蝴蝶还是春？春云呢，它是那么薄。夏日里成垛的云，春天可以扯平覆盖整个天空，如蚕丝一般空灵。云彩们还在搞计划经济，该多的时候多，该少的时候少，无库存。这样说来，春天到了或基本上到了。但春日并不以"日"为单位，春不分昼夜。站在阳台看，草与木早上与下午已有不同。刚刚看，窗外五角枫的枝条已现青色，上午还不是这样。春天之不可揣摩如上面说的，其变不舍昼夜。夜里什么草变青，什么花打苞，什么树萌芽完全处在隐蔽战线，即便我头顶一个矿灯寻查也难知详尽。春天太大了，吾等不知它的边际在哪儿，也不知它再怎么搞，探春不外妄想，知春更是徒劳。

今日，我骑自行车沿蒲河大道往东走，没出两公里，见前方路边站满了灼灼的桃花，延伸无尽。这阵势把我吓得不敢再走。我只不过寻找枝头草尖上面小小的春意，而春天声势浩大地把我堵在了路口。春天还用找吗？这么浩荡的春天如洪水袭来，让我如一个逃犯面对着漫山遍野桃花的警察不敢移步。我不走了，我从前方桃树模糊的绯红里想象它们一朵一朵的桃花，爬满每一棵树与每一根枝条。它们置身一场名叫"花"的瘟疫里无可拯救。再看身边的杨树，它们虽不开花，但结满了暗红的树狗子，树冠因此庞大深沉。再看大地，仿佛依旧萧索，青草还没铺满大地。我仍然不知春天到还是没到，桃花占领了路旁，大地却未返青。春天貌似杂乱无章，实则严密有序地往外冒。春天蔑视寻找它的人，故以声东击西之战术把他搞乱套。用眼睛发现的春天似可见又不可见，远在天边，近在眼前，人是搞不赢的。我颓然坐在杨树下，听树上鸟鸣，一声声恰恰分明，而风温柔地拂到脸上，像为我做个石膏模子离去。我知道在我睁开眼睛之后，春色又进驻了几分，我又有新的发现，这一切如同一个梦。

春天是改革家

四季当中,春天最神奇。夏季的树叶长满每一根枝条时,花朵已经谢了,有人说:"我怎么没感觉到春天呢?"

春天就这样,它高屋建瓴。它从事的工作一般人看不懂,比如刮大风。风过后,草儿绿了;再下点雪,然后开花。之后,不妨碍春天再来点风、或雨、或雨夹雪,树和草不知是谁先绿的。河水开化了,但屋檐还有冰凌。

想干啥干啥,这就是春天的作风。事实上,我们在北方看不到端庄娴静的春天,比如油菜花黄着,蝴蝶飞飞。柳枝齐齐垂在鸭头绿的春水上,苞芽鹅黄。黑燕子像钻门帘一样穿过枝条。这样的春天住在江南,它是淑女,适合被画成油画、水彩、被拍照和旅游。北方有这样的春天吗?没见过。在北方,春天藏在一切事物的背后。

在北方,远看河水仍然是白茫茫的冰带,走近才发现这些冰已酥黑,灌满了气泡,这是春天的杰作。虽然草没有全绿,树未吐芽,更未开花,但脚下的泥土不知从何时泥泞起来。上冻的土地,一冻就冻三尺,是谁化冻成泞?春天。

像所有大人物一样,春天惯于在幕后做全局性、战略性的推手。让柳叶冒芽只是表面上的一件小事，早做晚做都不迟。春天在做什么？刚刚说过，它让土地解冻三尺，这是改革开放，是把冬天变成夏天——春天认为，春天并不是自然界的归宿，夏、秋和冬才是归宿或结果——这事还小吗？

春天既然是大人物，就不为常人所熟知。它深居简出，偶尔接见一下春草、燕子这些春天的代表。春天在开会，在讨论土地开化之后泥泞和肮脏的问题。许多旧大员认为土地不可开化，开化就乱了，泥泞的样子实在给"春天"这两个字抹黑。这些讨论是呼呼的风声，我夜里常听到屋顶有什么东西被吹得叮当响，破门拍在地上，旧报纸满天飞。这是春天会议的一点小插曲。春天一边招呼一帮人开会，另一边在化冻，催生草根吸水，柳枝吐叶，把热气吹进冰层里，让小鸟满天飞。春天看上去一切都乱了，一切却在突然间露出了崭新的面貌。

春天暗中做的事情是让土地复苏，让麦子长出来，青草遍布天涯。"草都绿了，冬天想回也回不来了。"这是春天常说的一句话。春天并不是冬天到达夏天的过渡，而是变革。世间最艰难的斗争是自然界的斗争，最酷烈的，莫过于让万物在冬天里复苏。冬天是冷酷的君王，拒绝哪管是微小的变化。一变化，冬天就不成其为冬天了，正如不变化春天不成其为春天。春天和冬天的较量，每一次都是春天赢。谁都想象不到，一寸高的小草，可以打败一米厚的白雪，白雪认为自己这么厚永远都不会融化。如果它们是钱，永远花不完。积雪没承想自己不知不觉变成沟壑里的泥汤。

春天朴素无物,春天大象无形,春天弄脏了世界又让世界进入盛夏。春天变了江山即退隐,柳枝的叶苞就是叶苞,它并不是春天。青草也只是一株草,也不是春天。春天以"天"作为词尾,它和人啊树啊花啊草啊牛啊羊啊官啊长啊都不一样,它是季候之神,说来就来,说走就走。爱照相的人跟夏天合影、跟秋天合影、跟冬天合影,最难的是跟春天合一张影,它们的脚步比"咔嚓"声还要快。

春雪的夜

雪下了一天。作为春雪，一天的时间够长了。节气已经过了惊蛰和春分，下雪有点近于严肃。但老天爷的事咱们最好别议论，下就下吧。除了雨雪冰雹，天上下不来别的东西。下雪也是为了万物好。

我站在窗边盼雪停是为了跑步，心里对雪说：你跑完我跑。人未尝不可以在雪里跑，但肩头落着雪花，跑起来太像一条狗。穿黑衣像黑狗，穿黄衣像黄狗。这两种运动服正好我有，不能跑。

雪停了，在夜里十一点。这里——汤岗子——让人想起俄裔旅法画家夏加尔笔下的俄罗斯乡村的春夜。汤岗子有一些苏联样式的楼房，楼顶悬挂雪后异常皎洁的月亮，有点像俄国。白天，这里走着从俄罗斯来治风湿病的患者，更像俄国。

雪地跑不快，眼睛却有机会四处看。雪在春夜多美，美到松树以针叶攥住雪不放手。松枝上形成一个个雪球，像这棵松树把雪球递给边上的松树，而边上的松树同样送来雪团。松树们高过两层楼房，剪影似戴斗笠披大氅的古代人。摩西领以色列人出埃及，是否在野地互相递雪团充饥呢？埃及不下雪。

道路两旁，曲柳的枝条在空中交集。夏天，曲柳结的小红果如碎花构成的拱棚。眼下枝头结的都是白雪，雪在枝上铺了一个白毡，路面仍积了很深的雪。哪些雪趴在树枝的白毡上，哪些雪落在地上卧底，它们早已安排得清清楚楚。

路灯橘红的光照在雪上，雪在白里透出暖色。不好说是橘色，也不好说是红色，如同罩上一层灯笼似的纱，而雪在纱里仍然晶莹。春雪踩上去松软，仿佛它们降下来就是准备融化的。道路下面有一个输送温泉的管子，热气把路面的雪融为黑色。

近十二点，路面陆陆续续来了一帮人。他们男女一组，各自扫雪。他们是邻近村里的农民，是夫妻，承包了道路扫雪的任务，按面积收报酬。我在农村干过两年活儿，对劳动者的架势很熟悉，但眼前这些农民干起活来东倒西歪，一看就知道好多年不干活了。他们的地被征用，人得了征地款后无事干，连扫雪都不会了。

我在汤岗子的林中道上转圈跑，看湖上、草里、灌木都落满了雪，没落雪的只有天上澄黄的月亮。雪安静，落时无声，落下安眠，不出一丝声响。扫雪的农民回家了，在这儿活动的生物只剩我一人。我停下来，放轻脚步走。想起节气已过春分，可能这是春天最后一场雪了。而雪比谁都清楚它们是春天最后的结晶者，它们安静地把头靠在树枝上静寐。也许从明天早上开始，它们就化了。你可以把雪之融化想象成雪的死亡——虽然构成雪的水分不会死，但雪确实不存在了——所以，雪们集体安静地享受春夜，等待融化。

然而雪在这里安静下来，它下面的大地已经复苏了，有的草绿了，虫子在土里蠕动。雪和草的根须交流，和虫子小声谈天气。雪在复苏的大地上搭起了蓬松的帐篷。

我立定，看罢月亮看星星。我感到有一颗星星与其他星星不一样，它在不断地眨眼。我几次擦眼睛、挤眼睛看这颗星星，它真的在眨眼，而它周围的星星均淡定。这是怎么回事呢？我说这颗星眨眼是它在飘移、晃动、隐而复现。它动感情了？因为春天最后一场雪会在明天融化？这恐怕说不通。我挪移脚步，这颗星也稳定了。哦，夜色里有一根看不清的树枝在风中微摇，挡住了我视线中的星星的身影。而我希望世上真有一颗（哪管只一颗）星星眨眼，让生活有点惊喜。

睡觉吧，春雪们，你们躬着背睡吧，我也去睡了，让月亮醒着。很久以来，夜里不睡觉的只有月亮。

小鸟与春天

小鸟没听过"春天"这个词，春天是人类为这个万物生长的季节所做的命名。小鸟知道的事情是天气暖了，河床里原来像岩石一样坚硬的冰化为春水。坚冰化为河水之后开始流淌，春风把河水吹起一层皱纹，河水仿佛穿了一件亚麻的外衣。小鸟在河水上空飞过来，飞过去，它嫌河水流得有点慢，它想知道河水要流到哪里。小鸟飞累的时候，就落到河边喝点水。你要知道，小鸟在冬天找不到水喝，它们等待雪被太阳晒化之后喝一点泥泞的水。现在好了，有一眼望不到边的河水供它喝，小鸟喜欢春天的第一条理由是河水复活了。

小鸟在春天里飞翔，看到大地不知从哪一天开始变绿了。冬天的大地只有黄土，没有生机。春草长出来之后，像有人用颜料把大地刷上一层绿色。绿色起先还不均匀，后来刷来刷去，每一块土地都变绿了。这个人一定是巨人，他有着隐形的身体，手里拿着大刷子，刷刷刷。他用刷子刷过土地之后，小草长了出来。再刷一遍，更多的青草长出来。有人说，这个巨人叫春风，它吹到哪里，哪里就有绿草长出来。小鸟因此喜欢春天也喜欢春风，它让大地铺上了绿色的地毯。小鸟从天空俯冲下来，钻进青草里。青草伸开一左一右的绿袖子，像做体操。所有的青草都以做操的姿态站在阳光下，这可太好看了，小鸟在心里这样赞叹。小鸟喜欢春天的第二个理由是大地长满了青草。

　　桃花是什么？每年春天小鸟都这样问自己。桃花是桃树枝头开的花朵，粉颜色，圆圆的花瓣像小手指肚那么大。春天原来是寂静的，桃花一开，大地一下子热闹了，好像有人举着花枝游行。小鸟觉得这简直是一个节日，它想落在桃花枝上又舍不得落，怕踩落花瓣。小鸟后来还是落在桃树上。它身旁全是漂亮的花朵，觉得自己美得很。小鸟太喜欢春天了，第三个理由是桃花开满枝头。

早　春

　　上午九点多,我到公园的树林里漫游。练拳的人见背剑的人往回走,问:咋不练了?背剑者说:再过一会儿地就化泞了。

　　我看脚下,地黑而润,像眨着苏醒的眼睛。眼下二月末,略观物候,冬天好像还没过去,但地润了。如果冰冻的大地开始化泞并撵走背剑的晨练人,不就开春了吗?

　　"春天"后面的字虽然叫"天",但春从地里走过来,夏天秋天和冬天都由土地裁决节令,包括长草、开花和封冻。天只是刮刮风而已。

　　我说的"略观物候",是以冬日的麻木心态看风景。若细瞅——假如以小鸟精准的视力和盼春心态辨察周围,与隆冬已有不同,垂柳从行道树的褐黑中透出微黄,枝条软了。枝软比微黄更可作立春的证据。走在土上能觉出地厚,冻土跟钢铁差不多,没所谓薄厚。说到鸟,鸟比冬日更大胆活泼,灰喜鹊扑啦落在离人不远的地面打量周遭。我猜它想在地下打一个滚儿,表达高兴的心情。灌木的枝杈还在尘埃里萧条,但叶芽在前端已露破绽,像用指尖捉一只蚂蚁;也像旧商人捏手指头谈价钱。灌木和春风讨价还价的结果是每枝萌发三十六片叶芽。

对敏感的人，春夜比白天更有微妙的变化。夜空广大澄明，星星好像换了一拨值夜者，个头矮，且陌生。春夜观天，如在海底仰望。月夜，像一块蓝玻璃盒子，动荡、有波纹（流星的身影）。春天的夜色堆在天上放不下，从边际的地方流淌人间。月亮表面好像包一层透明的冰，比夏天白净。

观物候，除草木的渐变，还有小孩的征象。孩子属于大自然而非社会。归大自然所管的孩子透露季节的变化。孩子在春天里好动，如实说是盲动。在公园和大街上玩耍的孩子，脸上的粉红与冬夏都不相同，他们把花先开在脸上。孩子眼里笑意更多，跟放假、天气和暖有关，跟春天更有对应的缘由。春让大地松软，让柳枝轻柔，孩子怎么会无动于衷？"天人合一"，原本在说孩子，他们元神饱满，比老年人更早与更多接到春天的暗示，筋骨难耐，最宜生发。

假如以中医诊脉的手法为树、小鸟和大地把一把脉，结论一定是春天到了。墒在土里行走，水在树皮里行走，还有看不到的东西在万物间膨胀勃发，它是领跑者和启动人。在春天，它的名字叫春。

"春江花月夜"这五个字写尽了所有良辰美景，打头的是一个"春"字。春如果不站在头一排，万物都跟不上来。我对名字里带"春"的人素有敬意。春把花朵、河开、雁来这些意韵浓缩成一个字——春。"春"在汉字里的读法也有诗意，是一个唇音，跟"吃"的音接近，跟

"恩"的音也接近。春是庄稼人吃饱饭的第一道门坎，春对每个人都有大恩。吃唔恩——春。在春天，对着绿叶与小鸟念几声"春"，都让人心里轻快。

三月的预言

　　古希腊底比斯城邦的盲人先知提瑞萨斯手执圣杯，做出许多预言。时间太久，人们忘记了拿现实与他的那些预言相对照，没验证他说的准不准。然而该发生的事，不管有没有人预言，全都发生了。

　　在春天，人们会看到许多预言。我在蒲河岸边走，见到一棵柳树同其他柳树一样还没有返青。但这棵树有一枝柳条青了，树皮比其他柳枝更鼓胀。它与未青的柳枝一起在微风里晃动，显得惹眼，仿佛一盒白火柴中躺着一根绿火柴。它的枝条往南岸摇动，如同指路。不用问，蒲河南岸一定有事发生。

　　到南岸，没发现这与地球其他地方有什么异样。泥土、树和草均平凡，也没发现白狐狸在树上坐着。往前走，见到一片好桃花。这是新栽的桃花，四五十棵，树干约有拇指粗，全都开花了。幼小的桃树开花，如同早恋，但更像小孩奔跑。它的细细的枝上缀着更小的花蕾，都未开，但全打骨朵了。这些带骨朵的桃枝在风里晃，像合唱队员吟唱时那样晃身子。这是什么意思？我想它们在骄傲吧？是的，它们每一棵树都在骄傲。这些小桃树有可能第一次开花或第一次在蒲河岸边开花，喜不自胜，于风中摇晃得意。用陶渊明的话说，乃是"黄发垂髫，并怡然自乐"，陶渊明"并"字用得好。在桃花源这个好地方生活，黄发者与垂髫者都已很好，但陶渊明在他们的好之外，看出他们怡然自乐的好。这是两样好，所以"并"之。我的小桃树的花朵都没完全开放。对，你们是小孩，让着大人点儿。让他们先开。他们开着开着就开累了，就二线了。你们上阵适逢其时。这些小蓓蕾让我想起了糖葫芦。它们好像是拿树枝在糖水里蘸的小蜜疙瘩。一串儿一串儿，数不过来。河北岸的柳枝预言的很准，如瞿秋白说"此地甚好"。

　　初春天的许多事情在冬末见不到，出现了就像一个预言。头几天，一只橙色的七星瓢虫趴在我家北窗台上。它是怎样来到的这里？是风吹来的吗？风从树上（树离窗台还有十几米远）把瓢虫吹到了窗台上？或者它们从一楼爬上了三楼的窗台。瓢虫安静地——我不知用坐还是趴或蹲来形容瓢虫此时的状态——待在那里。即使你想招待它，用小米或清水，它都不需要。过了一会儿，它还在那里，没被风吹走，也没去其他地方。它想预言什么呢？我埋怨自己没有瓢虫的脑筋，不然完全可以破解它的预言。第二天，瓢虫没了。我观察它趴过或蹲过或坐过的窗台，看留下什么字或迹象没有，没有。但我从这里往下看，一株桃树（又是桃树）露出棉絮般的花苞。明白了，瓢虫预言这棵桃树要开花了，就在我家北窗下面。我搬进这座新房子已有五个月，都不知窗下有桃树，而且是两棵，都是小桃树。以后，办什么事要上窗台看一下，听取瓢虫的意见。可是，它好多天没来了，到别人家预言桃花去了，我觉得它预言不过来。桃树太多了。我觉得它不如改行预言股票之涨落，这个事时髦。

在西方的传说里，预言者多是盲人，眼睛看不到的人心里清晰。现代物理学认为时间可能也是不存在的。未来发生的事情或许为某些禀赋异常者察觉，即被他（它）提前看到了。他（它）并不能改变这些事，只是看到。按物理学的解释，说提前看到也不对。既然没有时间，事物就没有先后。我以为那些先知先觉者都是不幸的，一则没人相信他（它）的预言。多数人只相信时间，把时间跟事实绑在一起，所以不相信有人能看到未来的事。二则，已经发生的事如果是好事，人们认为跟预言者无关。三则，人们妒忌预言者竟然可以置身于未来之事的现场，这是僭越。其实，预言者也只是个旁观者，只是观早了。

有人对未来之事具有预先的觉知，但不会提前说出来。他们知道，必然发生的事一定会发生，说有何益？不如来说一说春天。田野上的电线上站着一排鸟儿。我走近，看到三只鸟儿站在一起，另一只单独站在一边。这情景的预言是什么？差一天就到四月了吗？我算了一下，今天是三月三十日，是的，再过一天就进入四月这个艾略特所说的残忍的季节了。鸟儿连这个都知道，看来人上学真没什么用。但是，围绕松树的土坝露出新鲜的黄泥预言什么？迎春花的花蕊全都向下预言什么？喜鹊在枝头拍翅，仿佛要拍掉它翅上沾的面粉，野菜比青草先出来是方便那些踏青者撅着屁股来挖吗？开白花的桃树和开粉花的桃树站在一起是因为什么？春雨不再渗入地面，地面潮黑是在预言什么？春天已经切实来到，在土里雨里花里鸟和虫里，我都学会了预言。

四　月

　　四月的树，如一班出门的人。它们要去的地方是一个季节，曰春天。现在已入四月，刚刚过清明，花与草的萌发正在蓄谋之中。看不到满目芳菲，但有隐藏的春意，天地间充满了秘密。

　　蒲河大道两侧栽满了树，树都活了。这些景观树高矮不一，开花时间不一，花色叶色也不一样。看过去就看到了景观。

　　桃花刚开，它是这片天地最早开的花。连翘也露出黄骨朵，等桃花开烂了它才开。植物开花如开会一般秩序井然。

　　我在这条大路上走，像一个势利的人，专看开放的桃花。透过光秃秃的树枝往前看，桃花是暗藏其中的粉色的云，像几十个粉色的气球被系在树杈上。近看，桃树枝上缀满花朵。它的枣红的树枝上无叶，只有花。桃花对于沉寂的、灰暗的北方大地如同惊醒。桃花先醒了，它比看到它的人还吃惊，大地怎么如此荒凉？其实不荒凉。桃花没经历过冬天，不知道此时的土地已开始复苏。比桃花先醒来的是河流，它们身上的冰块被春风卸掉，河水一身轻松,试着流淌。河水一冬天没流,实话说不怎么会流了。它先瞭望四周,在水面做一些涟漪,做流的准备。春天的河水如乌黑的柏油路,上面漂着风吹不动的枯叶。

桃花惊讶地看望周遭,它们衣领开得太大,雪白的领子在寒气里扎眼。草绿了三分之一,大部分还不敢绿,在等什么呢?桃花不像连翘那样齐刷刷地开放,展露大小如一的金黄叶片。桃花觉得集体主义或团体操在花朵界没什么意思。桃花的花朵或开、或半开,还有蓓蕾包在粉红的头巾里。枝上的一串花,如同画家点染。用墨有浓有淡,烘托参差的意态。桃花亦浓亦淡,欲开似合,与春天的节奏合拍。风不妨大一些或小一些,也可无风,让柳条不知往哪个方向摆动。如果春天愿意,可以先下一场雨,洗刷看不清纹理的石头,洗刷看不清白云的白垩色的天空。然后下一场薄薄的雪,厚一点也无妨。雪花卧在干净的草地里,睡一觉,睡醒了看看月亮到底是黄还是白。春天过后,春风起,把雪刮到树下或高坡上,使之均匀。你以为春天在干吗?在玩。从古到今,春天一直在玩,玩一个春季,潜入夏季休息。

四月里有树木出门,它们互相打量谁带了哪些东西。连翘手上胳膊上全是花瓣,穿上了出门才穿的花衣。柳树在枝上攥紧了拳头,掰也掰不开。再过十天,那些拳头松开了,柳叶的芽假装是花,一瓣一瓣地露出尖头。开着开着,柳树就露了馅,花朵变成树叶,如一片绿唇飞吻天下。树们要去的地方曰四月,它们带领大地返青。树们走在路的边上,如羞涩的农妇,不好意思在大马路中间行走。这些农妇脚踩在松软的土里，枝丫搭在前后旅伴的肩膀上。在四月，轻淡的云飘在树的头顶，云不想比树的步伐更快。云可以随时分成两片或六片，飘在一片片树林的头顶。桃花站在大地上开放，已无须走动看风景，它就是风景。大队的树绕开桃树，不妨碍它探出的水袖。桃花的枝像戏曲人物那样向虚空伸出手指，欲摘其他的花。桃树身穿枣红色的缎子轻衫，其他的树都没有。桃树手抓一把蓓蕾散出去，被风吹回，或浓或淡挂在枝头。这就是腕儿，科班出身，懂得表演的程式。倘若桃花身边有胡琴、月琴和梆笛，奏一曲昆曲的曲牌，它的身段比现在还要绰约迷离。

大地返青之前泥土先返黑。雨水和雪水挤进土的被窝，让它苏醒。草叶以百分之十的速率变青，每天绿十分之一，这样不累。与跑步训练的百分之十原则相通。绿不是什么难事。对草来说，没有比绿更容易的事情了。难就难在安排枯草的离退工作。四月末，你看到大地一片青葱，地上无一叶枯草。枯草去了哪里？你想没想过这个事？这是很大一个工程，比南水北调西气东送的工程量还大，是谁把枯草一根一根拣走，运到一个地方掩埋？这是人干的事，天不这么干。枯草被青草吞噬了。或者说，枯草在青草生长中转世轮回了，总之在新鲜的草地上看不见一根枯草。这是大自然无数秘密中的一项。大地不会丢弃自己的子孙，不会因为它们是草、因为干枯就抛弃它们。枯草在盛青到来时已经整齐去了一个很好很干净的地方。

树在行走中遇到雨和风，它们打开叶子。它们身后跟着看不到尽头的青草，头顶环绕着叽叽喳喳的鸟儿。

初 夏

初夏羞怯地来到世间，像小孩子。小孩子见到生人会不好意思。尽管是在他的家，他还是要羞怯，会脸红，尽管没有让他脸红的事情发生。小孩子在羞怯和脸红中欢迎客人，他的眼睛热切地望着你，用牙咬着衣衫或咬着自己的手指肚。你越看他，他越羞怯，直至跑掉，但过一会儿他还要转回来。

这就是初夏。初夏悄悄地来到世间，踮着脚尖小跑，但它跑不远，它要蓬蓬勃勃地跑回来。春天在前些时候开了那么多的花，相当于吹喇叭，招揽人来观看。人们想知道这么多鲜花带来了什么，有怎样的新鲜、丰润与壮硕。鲜花只带来了一样东西，它是春天的儿子，叫初夏。初夏初长成，但很快要生产更多的儿子与女儿，人们称之为夏天。夏天不止于草长莺飞，草占领了所有的土地，莺下了许多蛋。夏天是一个昏暗的绿世界，草木恨不能长出八只手来抢夺阳光。此时创造了许多阴凉，昆虫在树荫下昏昏欲睡。

然而初夏胆子有点小，它像小孩子一样睁着天真的眼睛看望四外。作为春天的后代，它为自己的朴素而羞怯。

初夏没有花朵的鲜艳。春天开花是春天的事，春天总是有点言过其实。春天谢幕轮到初夏登场时，它手里只带了很少的鲜花。但它手里有树叶和庄稼，树的果实和庄稼的种子是夏天的使命和礼物，此谓生。生生不息是夏天之道。

初夏第一次来到世间，换句话说，每一年的初夏都不是同一个夏天，就像河流每一分钟都不是刚才那条河流。在老天爷那里，谁也不能搞垄断。夏天盼了许多年才脱胎到世间，它没有经验可以利用。往年的夏天早已变为秋天与冬天。夏天的少年时光叫初夏，它不知道怎样变成夏天。每当初夏看一眼身边的葱茏草木都会吓一跳，无边的草木都是奔着夏天来的，找它成长壮大。一想这个，初夏的脑袋就大了，压力也不小。初夏常常蹲在河边躲一躲草木的目光，它想说它不想干了，但季候节气没有退路，不像坐火车可以去又可以回来。初夏只好豁出去，率领草木庄稼云朵河流昆虫一起闯天下，打一打夏天的江山。

初夏肌肤新鲜，像小孩胳膊腿儿上的肉都新鲜，没一寸老皮。初夏带着新鲜的带白霜的高粱的秸秆，新鲜的开化才几个月的河流，新鲜的带锯齿的树叶走向盛夏。它喜欢虫鸣，蛐蛐儿试声胆怯，小鸟儿试声胆怯，青蛙还没开始鼓腹大叫。初夏喜欢看到和它一样年轻幼稚的生命体，它们一同扭捏地、热烈地、好奇地走向盛大的夏天。

人早已经历过夏天，但初夏第一次度夏。它不知道什么是夏天，就像姑娘不知道什么叫妇人。这不是无知是财富。就像白纸在白里藏的财富、清水在清里藏的财富，这是空与无的财富。人带着一肚子见识去了哪里？去见谁？

这事不说人人都知道，人带着见识与皱纹以及僵硬的关节去见死神，不如无知好。如果一个人已经老了，仍然很无知，同时抱有好奇心与幼稚的举止，这个人该有多么幸福。只可惜人知道得太多，所知大多无用，不能帮他们好好生活。

初夏走进湿漉漉的雨林，有人问它天空为什么下雨，初夏又扭捏一下，它也是第一次见到雨。这些清凉的雨滴从天空降落，它是从喷壶还是筛子里降落到地面？天上是不是也有一条河？初夏由于回答不出这些问题而脸红了，比苹果早红两个月。

初夏跑过山冈，撞碎了灌木的露水。它在草地留下硕大的脚印，草叶被踩的歪斜。初夏的云像初夏一样幼稚，有事没事上天空飘几圈儿。其实，云飘一圈儿就可以了，但初夏的云鼓着白白的腮帮子在天空转个没完，还是年轻啊。你看冬天那些老云窝在山坳里不动弹，动也是为了晒一晒太阳。初夏的云朵比河水汹涌。大地上的花朵才开，大地的草花要等到夏天才绽放。开在枝上的春花像高明人凭空绣上去的，尤其梅花，没有叶子的帮衬。而草花像雨水一样洒满大地，它们在绿草的胸襟别上一朵又一朵花，就像小姑娘喜欢把花朵插在母亲的发簪上。

初夏坐在河流上，坐在长出嫩叶的树桩上。初夏目测大地与星空之间的距离。它寻找春天剩下的花瓣，把它们埋在土里或丢在河里漂走。初夏藏在花朵的叶子下面等待蜜蜂来临。初夏把行囊塞了一遍又一遍，还有挺多草木塞不进去。要装下这么多东西，除非是一列火车。

35

仲 夏

夏天好似乐曲里的中板，它的绿、星斗的整齐和蛙鸣呈现中和之美。夏日与夏夜的节奏匀称，它的织体饱满。夏天的一切都饱满，像一池绿水要漫出来。庄稼和草都在匀称之间达到饱满。夏日的生命最丰富，庞杂却秩序清晰。生命，是说所有生灵的命，不光包括庄稼和草，还有几千种小虫子。有的小虫用一天时间从柳枝的这一端爬到那一端，而它不过活十天左右。小虫不会因为一生只有十天而快跑或慢爬，更不会因此哭泣。每一种生物对时间的感受都不一样，就像天上神仙叹息人生百年太短，而"百"和"年"只是人发明出来的说辞。小虫的时间是一条梦幻的河流，没有"年月日"。命对人来说是寿，对小虫来说是自然。虫鸟比人更懂缘起情空的道理。

夏天盛大，到处都是生命的集市。夏天的白昼那么长，仍然不够用。万物借太阳的光照节生长。老天爷看它们已经长疯了，让夜过来笼罩它们，让它们歇歇。有的东西——比如高粱和玉米，在夜里偷着"咔咔"拔节，没停止过生长。这是庄稼的梦游症。在夏日，管弦乐队所有的乐器全都奏响。闪电雷鸣是打击乐，雾是双簧管，柔和弥漫，檐下雨滴是竖琴，从石缝跳下来的山泉水也是竖琴。大提琴是大地的呼吸，大地的肺要把草木吸入的废气全吐出来。它怕吓到柔弱的草，缓缓吐出气。这气息在夜里如同歌声，是天籁地籁人籁中的歌声。

许许多多的草木只有春天和夏天，没有秋天，就像死去的人看不见自己墓地的风景一样。草不知何谓秋天，它对秋天等于收获这种逻辑丝毫不懂，这是人的逻辑，所说都是功利。

夏日是雨的天堂。雨水有无数理由从天空奔赴大地，最后无须理由直接倾泻到大地上，像小孩冲出家门跑向田野。雨至大地，用手摸到了它们想摸的一切东西。雨的手滑过玉米的秸秆和宽大的叶子，降落到沉默的牛的脊背上。雨从树干滑下来，钻进烟囱里，踩过千万颗沙粒，钻进花蕊。雨没去过什么地方？雨停下来，想一想，然后站在房顶排队跳下来。它们在大地造出千万条河流，最小的河流从窗户玻璃流下来，只有韭菜那么宽，也是河流。更多的雨加入河水，把河挤得只剩一小条，拥挤的雨水挤塌了河岸，它们得意地跑向远方。太阳出来，意思说雨可以休息了。雨去了哪里？被河水冲跑和沉入泥土的雨只是这个庞大家族的一部分子民，其他的雨回到了天空。它们乘上一个名为"蒸发"的热气球，回到了天上。它们在空中遇到冷空气，急忙换上厚厚的棉衣。那些在天空奔跑的棉花团里面，隐藏着昨夜降落在漆黑大地上的雨水。

夏夜深邃。如果夜是一片海，夏夜的海水最深，上面浮着星星的岛屿。在夏夜，许多星星似乎被海冲走了。不知从哪里漂来新的星屿,它们比原来的岛屿更白净。

夏天流行的传染病中,最严重的是虫子和青蛙所患的呼喊强迫症。它们的呼喊声停不下来,它们的耳朵必须听到自己的喊声。这也是老天爷的安排,它安排无数青蛙巡夜呼喊,听上去如同赞美夏天。夏天如此丰满,虫与蛙的呼声再多一倍也不算多,赞美每一棵苹果和樱桃的甜美,赞美高粱谷子暗中结穗,花朵把花粉撒在四面八方。河床满了,小鸟的羽毛干干净净,土地随时长出新的植物。虫子要为这些奇迹喊破嗓子,青蛙把肚子喊得像气球一样透明。

夏季从阿龙山开始

一位在卢旺达做过"赤脚艺术家"的美国作家泰丽·威廉斯在她的书《沙漠四重奏》中说:"风——说出这个字,有一小股微风从你嘴边送出。对着一根点燃的火柴说出这个字,火焰就会熄灭。"

今年夏天,在呼伦贝尔草原上,我天天遇到风的拥抱。我什么也没说,风已经把我的头发捋到后边。到草原,你迎接的是无边的绿色,迎接你的是风。当绿色满目,我们忘了透明的风。风拂过你的耳垂,翻你的口袋,把女人的裙子变成长裤的样式。清晨的风湿润文静,是吹排箫一般轻轻的气息,风里有一些白雾。傍晚的风如同散步的人,像水从高地流入一个宽阔的池子,向四面八方散去。草原的夏季风不生硬,不冲撞门窗。它们像歌声一样韵律整齐,风中带着太多的树的、草的河流的体香,因而不粗暴。城里的风——夏季常常没有风——会突然冲进屋里,门窗叮咣,强盗也不过如此,或者像贼,偷偷地溜进来。城里的风没有衣裳,没有树与河流的生命气息,它们是被工业化激怒的发脾气的人。

我在草原的风里感受流动,感受这些风穿过了一万片树叶之后吹到我的前额上,稍做停留,再赴远方,这与生命或时间的生长与流动是一样的。如果有人不知道什么叫时间,让光溜溜的风吹过他的脸和手臂,他就知道刚才路过他皮肤的轻微的抚动就是时间。风走了,它像时间一样永无停留。去了谁也不知晓的地方。世上有那么多椅子,体育场空着数不清的白色台阶,但时间与风从不在上面坐一会儿歇一歇。谁也没见过坐在路边歇息的时间。今年夏季,我常常想起泰丽·威廉斯说的话——"风,说出这个字,就有一小股微风从你嘴边送出……"接着,我感到风从四面走过来,它们手拉着手。如果在傍晚,能猜出这些风带着微微的笑容。我曾经划亮一根火柴,对它说——风,声音再大一点——风!看威廉斯的咒语灵不灵。火苗依然袅娜地燃烧着,我用英语说——就像泰丽·威廉斯当年说的——Wind,英语也没管事,因为这是中国风,或者叫从大兴安岭吹过来的呼伦贝尔风。

  阿龙山是根河市的一个镇,在大兴安岭腹地,镇内有三十万公顷林地。在这里,我没见到阿龙山,但登上了奥克里堆山,山顶有古冰川遗迹。我们去过的地方还有蛙鸣山和鹿鸣山,这两座山均有一块飞石矗立。我对石头长得像什么没兴趣,各地都有一些智障者为当地的石头起名,问游客这石头像不像某某?好像帮助患失忆症的游客恢复关于人间的记忆。我喜爱植被,如果每一棵树、每一株草都是人,我在根河已见过了成千上万的人。他们青翠、干净、洁身自好;他们安于本分,满意于自己安居一隅。在云彩的影子和雨水下面,我觉得草木都发出了笑声。恍惚间,我似乎看到青草与树正发出意味深长的微笑,虽然我找不到他们的面孔。没有面孔的植物用整个身体来笑。风来,草的腰身和叶子前仰后合,好像拔腿去一个地方;又犹疑了,尔后再往前走。他们拉着其他草的手,揽着它们的腰,哈哈大笑,笑得前仰后合。我想跟它们一起笑,却怕笑声太突兀。荒野里传出人的"哈哈"的笑声似不妥当。草的笑声是"刷刷",树的笑声是"飒飒","哈哈"显得愚蠢,但人的声带也只能发出这么一种声音,人还没进化到草的程度。

我在阿龙山的树林里行走。如果说阿龙山一无所有的话,它没有的只是高楼大厦、超市和雾霾。这里盛产树和草,树长在了山上的每一寸土地上。从山顶看过去,只有河流和公路没长叶子,不绿。再往前看,村庄中有一个养狐狸的饲养场,几百个长方形的笼子像棺材一样横置在饲养主面前,其余地方都被树木覆盖。树和树在这里相遇,就像人和人在超市里见面一样,只不过树不推购物车。山上长满原始次生林,由于多年禁伐,这些树形成了森林的样貌。在山上,我见过一株老死的树,我特别高兴,围着这株树看。别人奇怪于我的兴奋,我说,我从小看到的树都不幸变成了木头,之后变成家具、房梁、窗框、斧把和马勺把,高雅的存在是琴的音箱。它们是在生长中被伐掉剖解的树,永久性地离开了树根和绿叶。我所看到的另一些排成行、长树叶的树也不过在等待砍伐,就像我看到的羊肉和羊群一样。我看过唯一的老死而不是被砍死的树,是在四川海螺沟风景保护区。在阿龙山看见了第二棵老死的树，我当然高兴，就像我见到一位百岁寿星而高兴一样，不一定他非是我爷爷才高兴。这株寿星树倒向山下，一部分泡在溪流里。它的直径约有七十厘米粗，已经腐朽了。看这株树，仿佛看到了它肚子的解剖图，最里层的树心已朽掉，树干变得像一条长长的独木舟，树干外层还很坚硬。独木舟可能就是这么来的，一棵老树死后还能变成船，这个能耐为人所莫及。人死后也是内脏先烂，但外壳连个口袋都做不成，人的用处都体现在活着的时候。这棵大树没被抬到河边当船用（太沉），它的树皮结着几钱厚的苔藓，有的苔藓开着针鼻大的小黄花。树的肚子里被风刮进土壤，长出了草和小指粗的新树。树身的蛛网上挂着蜘蛛的膏粱厚味，这是一些昆虫的肥硕尸体，蜘蛛不要吃太胖才好。

在树林里走，从树叶声即知风大风小，但弄不清风从哪个方向吹来。我觉得，所谓风是树叶的教员，它一来，树叶纷纷拿出课本朗读，朗读声连成含混的一片，此起彼伏。你看那树叶在枝上簌簌翻动，分明是书页翻动。树叶读书，读的一定是大自然的诗，像惠特曼的《草叶集》，朴素浩荡。

哗——，哗——，树叶的响声越来越大。我想象树叶们——山杨林、蒙古栎树、白桦树的叶子——一起朗读德博拉·迪吉斯的《美洲梧桐》，这首诗见于这位在大学执教的美国女诗人的诗集《高空秋千》。诗的结尾处写道："美洲梧桐今晨几乎空无一叶＼它们白色的肢体高高矗立于十一月蔚蓝的云霄＼仿佛它们已被主召回，经过＼古希腊彩色棺木\经过着火的房子，经过漂向岸边的\沉船，经过上了锁的\门，像下一生的树\在这里，沿着这山脚\和它们无数的硕大的扯不平的落叶"

我在心里默念这首诗，树用树声为我伴奏。在无边际的树里，我突然想到一个词：夏天。是的，今天是六月二十二日，现在是夏天了。对我来说，今年夏天从阿龙山开始。

七月有权力炎热

七月有权利下小雨、大雨和暴雨。野草在汪洋中露出绝望的头颅，它的手在积水里写了无数个水字，却没一个字浮出水面。七月悬挂着骄阳的火炉，把土壤晒得开裂，蚂蚁得到纵横四海的地道。野蜂在七月结成网，吮取所有植物的花粉，让大地变成蜜地。野蜂改变了七月份每一个早晨上的气味，在青草的苦味和河流的腥味里加入透明的甜。空气如同黏稠的旋涡，不知去哪一棵树上结晶。

七月在每天的傍晚都戴上玫瑰色的草帽子，帽檐宽至天际。地上的花朵与西山的晚霞共同跳一支舞。它们的舞步在风里燃烧，草帽里露出窟窿，露出隐藏在里边的星星。

七月醉了三十天，野草乘季候之神的醉意占领所有的领地。在七月，野草不再向上生长，草尖垂下来，野草张开臂膀霸占更多的土地，草叶变宽，贴在地面延伸。草的容貌气质在七月变野了，成了从千里之外跋涉而来的流浪汉。它们黧黑、粗犷。被暴雨冰雹冲刷过的野草的生命力在此达到最高点。

七月有雾，河上的薄雾如云母一般空灵，离河三尺，不高不低，为河流里的鱼搭了一条羊毛的毡棚。雾是迷路者，雾是夜里跑出来玩耍却找不到家的精灵。阳光出来后，雾忘了应该从哪一道山缝走回去。山在夜里昼里的模样完全不一样。雾游荡，它们不会飞，不会像水流一样潜地，兀自让风吹着游走，不高不低，像山腰的、白桦林的、河流的纱巾。七月，雾的纱巾在每一棵树上都做了记号，在松鼠的尾巴绕过三圈儿。雾让树林变成了舞台，雾慢慢拉开幕时，树的合唱队员已经排好了队形。

　　七月电闪雷鸣，乌云如同江底的淤泥压塌了天空。天所降者不光有雨，还有天堂的溪流，天堂屋檐的冰凌，天堂草地与小路上的积水。庄稼喝到这些水并体会到天意。天意无非好生，生生不息。在七月，雷霆把天空炸裂。从天上看，雷把天炸开无数裂纹，像碎鸡蛋一样，流出闪电的蛋黄。七月雷声的嗓门最大，回声千里。天神看到被闪电击中起火的森林在大雨中燃烧。七月之中，天下所有河流都增加了一倍的水。丰满浑浊的河流在河床里游荡，如浴后久久不穿外衣的肥胖妇人。

　　野草俯身大地，流星找不到降落的地点。七月的夜空比春夜更深邃，春夜的天空仍然结冰，星斗和月亮的影子从冰层照射过来，看上去模糊清冷，比夏夜多了一重蓝屏风。七月的夜空是天海的深底，星星、星宿与星座是游鱼、珊瑚和没有马的马车。这时候，天空的海底渐渐变暖，生物密集，潮汐剧烈，七月的夜常常因此下一场雨。人们在地球上见到的月亮其实隔着天空的海水。由于水对光的折射作用，月牙儿显得纤瘦，白净。在无事的后半夜，月牙儿躺在摇椅上睡到天亮。

蚂蚁在七月长大了一倍。春天蠕动的小蚂蚁长成了大黄蚁和大黑蚁，气势汹汹。老天爷恣惠所有生物在七月变得理直气壮。蚂蚁像螳螂一样凶恶，青蛙像黄狗一样狂吠，雨水毁坏道路，乌鸦的翅膀扇来了暮色。七月，生长的势力最大，树在风中模仿庄稼拔节，"咔嚓"的声音惊醒了鸟梦，七月是蛮横的兵勇，他们手持滚石檑木，打碎所有妨碍生的路障，一日千里，如群山驮走太阳。

七月有权力炎热，阳光的轧道机从天上滚下来把麦地轧一遍，或两遍，让不熟的种子全部成熟。金黄的麦浪起伏不定，保留了轧道机的痕迹。七月有权力号召大雨滔天，被阳光晒死的虫子所产的卵在潮湿里新生。每一种生物在七月都得到一份生的份额，不止巨蟹，万物于此皆生。

七月的晨雾如牛奶泼在草地上，河水用颤动仍然摆脱不掉玉米叶子的倒影。昆虫在七月彻夜歌唱，它们爬过每一寸大地，熟悉每一株草。七月任性，七月压抑不住自己的热情，七月水灵，七月是六月后面那个月，比八月清新一个月，它长胖了夏天的腰。

初　秋

初秋看不到卷成一根针一样的青草心，看不到树叶像抹了一层油似的新绿。初秋是老天用很大的力量转变一件事，它让草叶由深绿变得微黄，叶子的水分流失了，最后薄得如一张纸。天的动作让天的色泽都变了，深蓝褪为浅蓝，宁静辽远，好像后退了一百零八公里。老天所做的这件事叫"秋"，或者叫自夏而秋，这是何等盛大的典礼，让所有的植物加入秋的合唱。

看不到从水泥地的缝隙长出新草，云彩只剩下原来的十分之一，变薄了，仿佛不够絮一床新被子。那些娇嫩、浅颜色的花朵已经敛迹藏形，只剩下成片的花朵鲜艳开放，如菊花、鸡冠花和一串红。土地不再松软，不似春雨之后的酥透。当土地进入初秋，有如一个男人行进中年，好比李察基尔、周润发。他们从容了，也放慢了步伐。所谓争先恐后说的是春天，每一个时辰都冒出一个花骨朵，河水急匆匆流过，浪花四溅。春天怎么能不争？每一朵花都报春信，以为是自己招来了春天。夏天的茂盛，用"争"已经不确切，是无边的生长，每一个有生命的植物在夏天都有了一席之地。花草比房地产商对地的态度更贪婪，长满了天涯海角。

秋天，还有什么大事要忙吗？没有了。你看一眼枝上的果实，就知道"忙"已经不是秋天的语言。不必说水果，连卑微的小草都结满了草籽。鼓鼓囊囊的草籽穗头像八路军的干粮袋一般朴实，它是明年几十株青草的娘胎。

秋天慢下来，地球转到秋天也应慢一些。秋天沉重，大地多出来无数沉重的粮食，地球的辎重车行走当然要慢。地球舍不得把藤上晶莹的葡萄甩下来，宁愿转得更稳些。

初秋并不是丰收的时候，丰收是说晚秋。初秋所做的事情是定型，让一切可以称为果实的东西由不确定变得确定，由浆变成粉，由稚嫩变得坚硬。那些还没在初秋定型的东西已经定不了型了。人也如此，一个叫作"青春"的东西已经逝去了多年，双脚正往晚秋行走，此时还没沉淀、没雏形、没味道、没形态，有什么收获可言呢？

初秋明净，光线照在树枝和马路上，一样的澄澈。秋天的水比夏天更透明。早晨，秋天弥漫着来自远方的气味。这味道不知有多远，是庄稼、果树、河水和草地的混合气味，在城里也能闻得到。此味对于人，可叫作深刻或沉潜，离肤浅已经很远。如果秋天和中年还肤浅，就太那个了。好在四季一直懂这个道理。如果大地不知好歹地装嫩，会把人全吓死。初秋只是短暂的过渡色，叫作立秋和白露，而后中秋登场，所有的喜庆锣鼓都会敲响，丰厚盛大。

中秋的秋

光阴的河水，从树叶上，从泥土里，从锄头，从酒碗边，从炊烟，从蛐蛐声里淌下来，如一道道溪流。到了秋天，汇成一条大江。秋天的大江载不动连天船舸，瓜果梨桃，五谷丰登，在这条江上漂流，等待月明。

月亮是带笑容的信号弹，说丰收开始了，酒席开始了，镰刀的呼喊开始了。信号弹升在每家院子的上空，亮如白昼，花雕的坛子蹒跚行走，池塘的波纹用弧线描画月亮的脸。月亮如川剧艺人于清夜变脸：白如银盘，黄如金坛，酒醉的吴刚跃跃欲试往人间降落。

上中下、早中晚，中为何物？秋何以中？《大学》有言：执其两端而用中，不偏不倚之谓也。中乃花开正好，尚未萧疏。中为子时午时，阴阳相持进而泰然。中乃过半未半，是秋之美人最美，秋之盛装最盛。秋而逢中，庄稼的队伍浩浩荡荡，走遍大地，接受检阅。果树的队伍拎着红灯，草原的队伍带着绿风，海的队伍互相牵着浪花的手，加入游行。

中秋登场了，还有什么没登场？五谷大地来了，高山流水来了，来得稍晚的是星星的合唱。星星有点羞怯，起初声小，缓缓包拢天地，音色透明，织体饱满，山川唱和，弥漫秋声。

四 季

秋 天

用读《论语》的眼光看秋天，它干净而简洁，枝条洗练，秋空明净，这是谁都知道的。老天爷只在秋季拭手一擦晴空。白杨树，干直而枝曲，擎着什么，期待或其他；河床疏阔，一眼望尽。

秋天，场院丰盈但四野凋敝——由于人对土地的掠夺。我不愿意看到玉米叶子自腰间枯垂，像美人提着裤子。割去吧，用锋利的镰刀把玉米自脚踝割断，它们整齐地躺在垄上，分娩一样。谷子尚不及玉米，斩过又让人薅一下，头颅昏沉坠着。

在乡下，我爱过我的镰刀。不光锋利，我在意刀把的曲折，合乎"割"的道理。镰刀把握在手，是一种不尽，一种生存与把玩的结合。

在北方的秋天，别忘了抬头看老鸹窝，即钻天杨梢上的巢。细枝密密交封，里面住着老鸹的孩子。老鸹即乌鸦，虽然不见得好看，小老鸹喙未角质，鹅黄色。

拎着镰刀抬头看老鸹，或拾土块击其巢（当然击之不中），是秋天的事情。老鸹扇翅盘桓，对你"呱呱"，没责备，也许算规劝。

若说场院胜景，最好的不是飞锨扬场——粮食在风中吹去秕糠，如珠玉落下；在集体的场院里，电灯明晃高照，和农村老娘们儿剥玉米才是享受。电灯一般是二百瓦的，红绿塑料线沿地蜿蜒。这时，地主富农坐一厢，知识青年和贫下中农坐一厢。谈话最响亮的是大队书记的年轻媳妇，她主导，也端正，手剥玉米说着笑话。夜色被刺眼的光芒逼退了，剥出的新鲜玉米垛成矮墙风干。

乡道上，夏天轧出的辙印已经成形，车老板子小心地把车赶进辙里行进。泥土干了，由深黄转为白垩色。芨芨草的叶子经霜之后染上俗艳的红色。看不到蚂蚁兄了，雁阵早已过去。怎么办呢？我们等着草叶结霜的日子，那时候袖手。

总有一些叶子，深秋也不肯从枝上落下，是恋母情结或一贯高仰的品格。然而，当它们随着风声旋转落地时，人们总要俯首观看，像读一封迟寄的信。

冬　日

在这个时候，我父亲出门前要提系裤子再三，因为棉裤毛裤云云，整装以待发。

这时，我在心里念一个词："凛冽"。风至、霜降、冰冻，令我们肺腑澄澈无比。冷固然冷，但我们像胡萝卜一样通红透明。真的，我的确在冬天走来走去，薄薄的耳朵冻而后疼，捂一捂又有痒的感觉。鼻子也如涅克拉索夫说的"通红"，但为什么不享受冬天？冬天难道不好吗？

冬天！这个词说出来就凝重，不轻浮。人在冬天连咳嗽亦干脆，不滞腻。窗上的霜花是老天爷送你的一份薄礼，笑纳吧。当你用你的肉感受一种冬天的冷时，收到的是一份冰凉的体贴。比较清醒，实际比较愚钝。因为冬藏，人们想不起许多念头。我女儿穿得像棉花包一样，在冰上摔倒复起，似乎不痛。

想我的故乡，我的祖先常常在大雪之后掏一条通道前往其他的蒙古包。在这样的通道上走，身边是一人高的雪墙。他们醉着，唱"A ri Ben Ta Ben Nie Sa Ri ……"走着，笨拙却灵活的爱情，相互微笑举杯。

冬天听大气的歌曲，肖斯塔科维奇或腾格尔。不读诸子，反正我不读诸子，因为没有火盆，也没有绍兴老酒。唱歌吧，唱外边连霜都不结的土地，连刨三尺都不解冻，而我们还在唱歌，这不是一种生机吗？

冬天的女人都很美丽，衣服包裹周身，只露出一张脸。我们一看：女人！不美丽的女人亦美丽。爱她们吧，如果有可能。她们在冬天小心地走着，像弱者，但生命力最强。

春　时

春天无可言说，汗液饱满，我们说不出什么。如果我们是杨树枝条，在春天就感到周身的鼓胀，像怀孕一样，生命中加一条生命。

说"春——天"，口唇吐出轻轻的气息，想到燕子墨绿的羽毛，桃花开放的样子，不说了。虽然人们在春天喜悦。我暗想又添了一岁生齿。不说了。

夏　季

夏天在那边。

我感到夏天不是与冬季相对的时令，如棋盘上的黑白子。我知道夏天是怎么回事，它累了，如此而已。在四季中，夏天最操心，让草长高，树叶迎着太阳，蜜蜂到花蕊里忙活。刚到秋日，夏天就说：我不行了。

夏天是毛茸茸的季节，白日慵懒，夜里具有深缓的呼吸，像流水一样的女人穿着裙子。跟春天比，夏天一点不矫情也不调侃，走到哪里都是盛宴。

如果我是动物，就在夏天的丛林里奔跑，跑到哪里都可以，用喉音哼着歌曲，舌尖轻抵上颚，渴了就停下埋头饮泉水。啦——啦——啦，我认真地准备过一个夏天。

节气

立 春

在赤峰，看不出立春是怎么立的，物候还在冬天的范畴里。登南山却不同，杨树的枝条透出玉石般的青白，枝条仿佛直了。枝条怎么能直了呢？一、是不是枝条水分多了？地还没化，水分何来？二、枝条里钻进了一种神秘的东西，人称它为春。树管它叫什么呢？这是一种动的，可以叫作阳气的、膨胀的气氛吗？枝条里进驻气氛了，好像连语法都说不通，姑且这么说吧。杨树的枝条根根拔向天空，委实与冬日不一样。像一个没糊红纸的巨大的灯笼的竹骨。风如老鼠一般从地皮划过草丛倒伏于地，沟里的草还保留着去年秋天被雨冲刷过的纹理。枯草在立春之日看上去接近时尚的色调，如同小米一样温和的黄，这是高级衣装的色调。松树荫蔽下面的枯草里藏着雪。没化干净的雪有鸡蛋大，它的白与草的黄构成另一种时尚的格调，如同女士风衣与手袋的搭配。

风吹过松树，松针把风分成万缕。风被松针梳过后变成了粉丝，发出低沉的"呜"。冬天听不到这样和畅的风声。风在冬天尖利，吹在高天。立春这一天，风贴着地皮缓吹，吹一吹小丘陵和小鱼鳞坑。一只野雉从灌木里飞起，头和长尾呈一条直线。野雉似乎不需要这么长的尾巴，是它身体的一倍多，飞起来身上如同别着一根箭。风如果把南山吹一遍约要一天时间。它的沟壑如城墙壁立，布满裂缝。风吹进去再钻出来，是个慢活儿。南山栽着挺多小老树，二十多年树龄，树干只有拇指粗。树的枝干虬结，如老梅。它们若是梅树多好。我想起台静农画的梅花，一朵一朵，都是圆圈画上去的。虽雷同，却不呆板。中国字画可看出心上的慢。好的书法，即使如草书，也是慢慢写出来的。怎样的慢法，各自有各自的功夫。

站南山看赤峰，原来的城市像一个簸箕泻出的米，从南山泻到英金河就到头了。现在，城市变成了一趟川，东西望不到边了。南山好像矮了。"好像"的原因是主政者在山顶盖了一座塔。是谁这么手欠，非要在山顶盖一个不伦不类的塔呢？山头即山首，亦为山的咽喉，盖上个塔会怎么样，会预防地震吗？怎么看都不好看，不是地里长出来的东西怎么会好看呢？

赤峰的小城位于南山北麓，英金河南岸。小时候，虽未听过陶渊明与陶潜之名，但常常体察悠然见南山的意境。赤峰人从未产生过愚公的想法，欲挖掉南山以期发展。我们知道，谁也挖不掉南山。此山的土堆起来还是一座山。挖山只不过给山松松土。儿时，我们登山，只为俯瞰一下赤峰城，看街道变细，楼房缩成高粱米粒大小。成排的平房如同木梳齿。这比什么都好看，我们常常看得发呆，并为下山钻进木梳齿般的房子里睡觉而感惊呆。南山没有树，一年四季都是黄山，下完雨是深黄山，冬天黄得发白。干部和学生会在春天里的某一天扛着铁锹上山栽树。上午上山,下午下山,下山回望小树苗。因为这些树苗不久便会旱死了,看一眼,少一眼。第二年这帮人继续上山栽树,在哪块坡栽树都可以,哪块地都没树,空场有的是。但我不明白头一年栽的死树咋看不着了,谁拔走了吗?没人回答这么无趣的问题,大家只管栽树,栽完树发汽水,一人一瓶。

现在南山有树了。立春这一天探查,碗口粗的松树长了好几坡,冬天的黄土坡被墨玉般的松针盖在脚下。树根拉住了流失的土,沟壑停止了裂纹,沟下长着金黄的草,如同一条牛毛色的小路通进山里。立春的天空蔚蓝明净,云彩只像信手刷上去的白涂料,有扫痕。云层如果再厚一些,我猜想云的后面躲着鸟群的阵营。立春了,接着是雨水,小鸟该回咱们北方了。回来的候鸟先在云彩里面歇几天,适应一下环境,然后俯冲下来,带来花朵和青草。

说立春这一天,人体的阳气萌动。我下山,在路上见到三位红脸人士,他们的阳气堆在两颊。我见到一人倒着走,阳气多到用不了,正着走路已经使不上劲了。喜鹊抽动好像沾了白漆的翅尖,树上树下忙,像一位搞卫生的人。大路宽广,行人不再戴冬日的帽子,有人开始敞开羽绒服的衣怀,阳气从肚子里往外冒。电线还没有返青,但水泥电线杆子已经像杨树那么白,仿佛吸足了水分。我没看到河水的情形。赤峰的北河套光有套,没河了。以后看河要上电视上看,自然离人类渐远,我们要做的事是借着一个古代留下的节气的名字幻想自然,比如立春。

雨 水

二〇一五年雨水节气在乙未年的正月初一，赤峰市区的气温－9°～－6°，西南风3～4级，湿度15%，晴转多云。

原来想雨水这天会下一点雨，譬如地面见点湿就好了，但老天爷没这么安排。随即想到，凡事不可望文生义。姓王的人并不都能称王，姓马的人跑步可能不快，但不妨碍他们继续姓王姓马。雨水，是上天赐给节气的一个命号，它的大名和小名都叫雨水。

对雨的称谓，有雨、小雨、大雨。而更庄重，可与上天相配的称谓叫雨水。雨水听上去比雪花流畅，比谷雨水多。雨水节气里能不能见到雨不是重点。这一天，柳树树冠的色泽与枝杆已有不同。树冠在褐色枝干的上端露出微黄。趋近看，什么都见不到，远观才分明。柳树此刻比人更明白雨水到了，做出雨水才有的样子。人看不清柳树到底是什么样子，天却看得清楚。好比说，人看草长得全一样，羊全一样，蚂蚁全一样，但它们各有各的样，全不一样。柳树这么多情，怎么会在二十四个节气里全一样呢？

南风吹过来，如同要把寒冷吹回西伯利亚去。走路时，石子随鞋滚出很远。这些石子头几天还被冻在土里，现在随着鞋的搬运到四处玩耍。这一天，所有人家的日历上都印着两个字：雨水。那么，北方人一冬没见过的春雨在日历里成串下起来。雨先在日历里降落，然后落在土地上。

在雨水节气头三天——腊月二十七，赤峰下了一场雪。雪花没看出比以往更白，但更黏。这场雪踩上去在鞋上粘一大片，不坚实，不吱吱响。它们落在柳树龟裂的树皮上，像趴上一片白蝴蝶。雪花们在空中拉紧了手才落地，如团体操。雪落地到不了一个时辰就化了，这已是七九第二天，雪待不住了。无情的人啪啪乱走，置办年货，把缠绵的雪踩稀烂，雪也不愿呆了。这是三天前的事情，我还在怀念那场雪，它就是提前来到的雨水，是上天对应这个节气送来的礼物。我觉得遇到这种情况，各单位应该组织人员迎接，表达一下感谢的意思。

雨水节气，人做一做生产的事情都好，比如生小孩。肚子里无孩的人可以到屋外放放风筝，老天以为你在向它行注目礼。雨水了，却见不到小鸟飞。正月初一还有不少鞭炮，鸟儿都躲起来了。但这仅仅是初一的城区。在广阔的田野和山区，鸟儿刺破清冷的空气，把啼鸣留在河岸的灌木里。鸟儿不管雨水这一天下不下雨，它感觉出天地出现了一个变化，时光的指针朝春天又近了一格。小鸟看到树冠的乱发蓬松，这是睡醒之后的发型，可以比原来容纳更多的鸟。树尤其满意鸟儿如箭一般从自己头发里飞出，眨眼间不见踪影，不知什么时候又飞了回来。树觉得这会显出树的神奇，它把鸟射得比大炮还远。树遗憾自己迈不开步，但有鸟儿这样飞出飞入，也就没什么遗憾了。

我见过雨水在雨水的节气落下来，不紧不慢，很庄重。在我老家，雨水节气下雨将是新年第一场雨。它们如三军仪仗队一样，虽未作战却显示作战部队的军威。雨水的雨不大，既然春雨贵如油，就下不了太大，此油是非转基因灌溉油，每一滴对泥土都是一个信用。

雨水的雨不是油，是水晶丝，比柳丝长而透明。在雨水的雨里，传出了泥土的腥气。干燥的土房子与土墙在春雨里露出乡里乡亲的气息，有家味。雨落在晾干的庄稼秸秆上，噼里啪啦，好像翻东西。落在玻璃上的雨带泥，一小片春风被雨收容落在了玻璃上，如土色的小梅花。今年雨水没落雨，看天气预报，明天出现雨或雪。雨水来了就不走了，在大地住一个春天、一个夏天、一个秋天，它们在土里待不够。

惊　蛰

"惊蛰两个汉字并列一起，即神奇地构成了生动的画面和无穷的故事。你可以遐想：在远方一声初始的雷鸣中，万千沉睡的幽暗精灵被唤醒了，它们睁开惺忪的双眼，不约而同，向圣贤一样的太阳敞开了各自的门户。这是一个带有'推进'和'改革'色彩的节气，它反映了对象的被动、消极、依赖和等待状态，显现出一丝善意的冒犯和介入，就像一个乡村客店老板凌晨轻摇他的诸事在身的客人：'客官，醒醒，天亮了，该上路了。'"

我极少大段引述别人的作品，这回则不同，上面的文字，出自苇岸﹡笔下的《廿四节气·惊蛰》，写于一九九八年三月六日，农历二月初八；天况：晴；气温：14℃—2℃；地点：北京昌平。抄在这里为的是纪念我的朋友，一位故去六年的优秀的中国散文家。

苇岸喜欢大地。大地虽然如此之大，但许多人早已感到陌生。他们的相关记忆是：道路、地板、车、写字楼、卧房和厕所。大地在哪里？人们影影绰绰觉得它在乡下，或者藏身于五十年之前的诗集里，它的一部分暂存在公园，其余的被房地产商人暗算了，至少给修改了。

如果不记得大地，人们上哪儿去体会惊蛰、雨水的含义与诗意？农历的节气，仿佛谈天，实则说地，说宽广的大地胸怀呼吸起伏。节气的命名非在描述，而如预言，像中医的脉象，透过一个征候说另一件事情的到来。

苇岸写道："连阴数日的天况，今天豁然开朗了。……小麦已经返青，在朝阳的映照下，望着清晰伸展的绒绒新绿，你会感到，不光婴儿般的麦苗，绿色本身也有生命。而在沟堑和道路两旁，青草破土而出，连片的草色已似报纸头条一样醒目。"

而在我的居住地，惊蛰时分，草还没有冲出来用新绿包裹从冬日里走出的人们。盘桓已久的街冰却稀释为水，像攥一个东西攥不住漏汤了。南风至，吹在脸上，是风对脸说的另一番话语，不止温润，还有情意。天气暖了，人们仍然喊冷。此际"冻人不冻水"，人的汗毛眼开了，阳气领先，反而挡不住些微的春寒。汗毛眼是人体九万八千窍孔之一，何故而开？因为惊蛰嘛。

惊蛰不光是雷的事情。雷声滚过来，震落人们身上的尘埃，震落草木和大地身上的尘埃。惊蛰不光是小虫的事，虫子终于在这一天醒了。谁说冬眠不是一种危险？醒不过来如何？以及到底在哪一天醒呢？惊蛰有如惊堂木，握在天公手里，"啪"的一声，唤醒所有的生命。

其实这一切是为春天而做的铺垫。春天尊贵，登场时有解冻、有返青、有屋檐冰凌难以自持、有泥土酥软、有风筝招摇、有人们手里拿着白面饼卷豆芽、有杨树枝上钻出万千红芽。是谁摆这么大的排场？

——春天。而惊蛰不过是迎接它的候场锣鼓,好戏在后边,像苇岸说的:"到了惊蛰,春天总算坐稳了它的江山。"

* 苇岸,本名马建国(1960—1999),北京市昌平县人,著有《大地上的事情》等作品。

春　分

　　春分分开了土和树，它们从一样的燥白的树木和泥土中分离出两种色彩。杨树的白里透出了青，玉石那种青，树身比冬季光滑。土地露出新鲜的黄颜色。雪化之后的泥土黝黑，只比煤的黑色浅一些。

　　春分分开了水和冰。冰冻坚牢的河面由岩石般的黑色变为乳酪白。远看像落满了雪花。河冰将化未化之际，表层漂一层气泡，这是冰层变白的缘由。这样的河很好看哎，河两岸即将返青的牛毛似的黄草中间，横置一条白冰的大河，仿佛上天单独给河面降落了一条雪。近看，结满白色气泡的河冰上面浮一层水。冰被水泡化了，至少泡酥了，变得千疮百孔。

　　春分分开了青草和枯草。草嘛，望过去还是一片枯黄。但感觉到黄里藏着什么东西，却说不出它是什么东西。譬如：草变厚了？（不对）草色由冬日的白金转为褐黄（它原来在白金中就包含着褐黄）。草站起来了？（是吗？）草向四外扩张（想象）。草地望过去仍然一片枯黄，但暗藏生机。生机这种东西可感受但无法描述。说一个人是一个活人并不仅仅因为他会眨眼、会走路、会咽唾沫。

他脸与身上贯注一种东西，报纸叫活力、中医叫一气周流，草也如此。草的活力见诸色彩，草在草里秘密贮藏了一些绿意。此绿让草叶蓬张变厚。远处看不到，走近了，瞪着草看一分钟，就看出它在胳肢窝里、裤衩下面和脚脖子周围挂着绿。承认吧，抵赖不了啦，草在偷偷变绿，只是人类视觉迟钝，分辨不清它每天的变化。这种变化要用数学模型解析，眼睛看草，草草而已。春分时节，草由单薄枯干的白金色转为卡其色（新疆南部和巴基斯坦土屋的颜色），后来卡其色里渗入深黄，继之接近浅棕色，这时草的下半身已偷换上绿裤，尔后变为第三帝国军服的橄榄绿。绿草尖长到最高处时，新草褪去了白金色、卡其色与棕色的过时的布衫，转为嫩绿。此时，草的数量显少，但株株鲜明。每一株草手握可爱的尖戟，草尖旋转着卷成针尖，而它身下的叶子舒展。

春分分开了鸟儿和北风。吹了一个冬天的北风累得趴在冰上喘息，被南风吹走。压在石头下面的虫卵已经孵化成虫，大摇大摆地走在地面。天上的云彩改变了航向，在南风里朝北飘浮。麻雀从草丛弹向树梢，仿佛变成了蚂蚱。站在枝头的喜鹊检测树枝的弹性，大尾巴朝下压，仿佛从洋井汲水。北风解除了对天空的封锁，鸟儿排队飞过。天空有了鸟群才有春意，天空不开花，不长绿叶，鸟群才是它花园的花朵。我在蒲河大道行走，五六米前的路面如爆炸一样升起一片麻雀，它们的碎片落在路旁的松树上。我再看松树，上面没有麻雀，枝叶间挂满圆嘟嘟的松塔。我不相信麻雀一瞬间变为松塔，如能变，它们早就变了。我往松树边上走，一步步趋近，"扑"，一多半"松塔"飞上天，到其他松树上冒充松塔。每当鸟群从视野里飞过，我总觉得这是一个幻想，说不清这是鸟的幻想还是我的幻想。好像这是不可能发生的事，但发生了。鸟们像树叶从眼前飘过，几秒钟离开了视域。不是一只鸟，而是七八只鸟一起飞行，它们必定去完成一件人间所没有的更有意思的事。它们排成队从人的头顶掠过，大地上的事情不值得珍惜。

春分分开了石块和虫子。昨天有一只瓢虫落在北窗台上，北方叫它花大姐。它在窗台麻纹的水泥上嗫嚅行走，甲壳比釉面还要光洁。花大姐橙色的脊背点着几个点，仿佛它是一个骰子，因为有人赌博才来到这里。赌什么呢？赌今年的雨水旺吗？赌飞过的鸟群是单数还是双数？也是昨天，南面露台护栏固定件松了，我把它取下来。这个形如铸铁的固定件竟是塑料的，它下面是一窝瓢虫。我头一回看到成窝的瓢虫，甲壳上各自的点数不一样。我没数，盖上固定件免得它们着凉。我估计它们背上的点由一点、两点、三点到五点、六点，是排行，便于虫妈清点。

春天于此日分开大地和天空，让绿的绿、蓝的蓝。分开河水与岸，让静的静、动的动。冰雪彻底消融，春天分开了绿叶与花朵。

清　明

　　清明从雨滴里降落人间。雨在视野里不明晰，只听到头顶的伞布沙沙响，像往伞的绸布上洒沙子。走到哪里，沙沙声跟到哪里，让人疑心这雨是为伞下的，只下在那么小的伞布上。

　　四月初，大地还没见到鲜明的绿意。这场雨下完，草就该绿了，咋也该绿了。地上的枯草像被喷壶洒了一遍水，柔软鲜润。枯黄的草在雨后虽不能说更黄，颜色却比黄更深，如同人的皮肤被水浸过颜色变深一样。枯草变湿变厚，仿佛成了大地的哺乳类动物的皮毛。稍微停下脚步，就可在枯草里发现青草的身影。它们要么头扎在枯草里，绿屁股撅出来。要么在枯草里伸出一只或四五只绿腿。往远看，小块的青草在枯草的大河里浮起，像草在秋天还没有黄透。事实上，它们是绿色的先头部队。它们绿的比树早，从枯草里冒出来，一点点包围枯草，酝酿一场青草的洪水，冲刷天涯海角。

　　二十四节气的名字都好听，立春、谷雨、芒种、惊蛰，多与物候、农事相关，而清明仿佛是一个大脑神经学的词汇。清明于人之道曰不糊涂，于天之道乃是清楚明白。天于此时要啥有啥了。要雨有雨，要风有风，可以细分成微风、清风、和风与大风，这都是冬天所没有的天的思路和财产。清明的雨首先是送给草木的给养，其次才是对亡灵的祭奠。生老病死在自然界十分自然。秋天，青草转黄，看不到天有伤感。苍天不为哪一株草的凋亡拭泪。人悲秋，天不悲秋，就像它不为春天百草萌生而有所欣喜。大自然除了遵循自然法则之外不遵循任何学说与情绪。子曰："天何言哉？"不知说啥，故没啥说的。到了天那个级别，"无眼界乃至无意识界，无无明亦无无明尽，乃至无老死亦无老死尽。"

往远看，柳树的树冠涂上了一抹淡黄，好像国画家无意抹上的一笔，水分很多、颜料很少。走到近旁，淡黄没了，仰视也见不到。发芽早的柳条从枝上垂下来，或叫半垂。而褐色未垂的柳枝还在发愣，仿佛奇怪别的柳条为什么要垂下来。下垂的柳枝挂着初发的叶苞，如小鸟的喙。没有叶苞的枝上则挂着晶莹的雨滴，冒充叶苞。树啊，我拍拍柳树。这一个夏天，你不知要长出多少叶子，垂下多少枝条，你累不累啊？这都是废话。可是，不说这个你说什么呢？说福克纳不喜欢海明威吗？那就显得远了。松树被清明的、看不清线条的雨丝冲刷的坚挺苍翠。最可喜，松针挂满了雨滴。这些如钻石般并不坠落的雨滴仿佛与松树与生俱来。松针尖头挑着一滴水，万千松针万千水，与十万青年十万军意思相仿。海子说："悲伤时手里攥不住一滴泪。"清明时，从冬季走出的松树攥住了十万滴雨，等待雨滴化为钻石。

找一个一尺深的大玻璃缸子（鱼缸也行），放上土并放在窗台外面，看蚕丝一般的雨是怎样渗入土壤。假如这是个放大镜做的鱼缸，可见雨水在土里怎样宛转回环，被土抱紧，和土成为一家人。雨水是天水，是活水。它滴进土里激活土壤的生发万物的本能，让草的腿越来越绿，柳条万千条垂下来，垂到地面和青草握手，让花大姐爬上来。清明为什么叫清明呢？草木轮廓日见清晰，水澄澈、山形日见瘦溜了。清明这一场雨洗去了天地尘埃，冬天的被冻在空气里的污垢自然瓦解，化为肥料。人的脑子会不会在这一天清亮呢？人与大自然太远，往往接不下节气。有人到了夏天，身体还没春分呢；有人身体天天立冬或天天立夏；有人永不惊蛰；有人到了半夜，脑子才清明片刻。清明只是春天的一部分，上承春分、下接谷雨，让大地回春，草木生长。易曰："天地之大德曰生。"生这个词有多么好，让万物走到世界上来。它们是草的婴儿、虫子的婴儿、花的婴儿。人的婴儿随时可生，不拘泥于春秋。生是新月，是融化的河冰，是花苞睁开眼睛，清明看到了许许多多的生。

桃树的树皮像枣红马的皮毛那样闪亮，桃花的花蕾外衣艳红。它挣破了这层表示羞涩的红外衣之后，粉色的花瓣让寒风彻底退却。桃树不以桃子取胜，而以桃花炫耀。比桃更甜的甘蔗、橘子、葡萄都没这么惹眼的花朵，而比桃花更惹眼的牡丹并不结果。桃树一生办两件大事，一是开花，绯红如云；一是结桃，人猴皆飨。清明的雨沙沙地洒在伞上，林间的落叶变得软软绵绵。清明的雨下进了草木的心里，草木小口慢饮，尔后老天又给续上了新水。清明让昆虫和草木脑袋精神了。之后的日子，对人是一岁，对它们是一生。

谷 雨

谷雨的耕地仍然沉寂着，一群驮满灰尘的羊越过耕地。羊早就想来耕地里游逛，长满青苗的耕地是它的宴席。羊只是远远看着没来过。谷雨时节的田野还没播种，没青苗也没有草，虽然空旷无物但比秋天多出生机。羊把羊粪蛋拉到耕地里，去啃水渠边刚刚返青的嫩草。

春天的耕地没洗过，没涮过，但像洗过涮过叠过，平平展展，干净新鲜。跟远处的山比，耕地好像去皮的桃子的肉，一抹沙瓤的黄。谷雨的大地如盼孩子一般等待种子进入自己的怀抱。大地紧紧攥着这些小小的种子，把它攥出芽，变成绿苗生长。

耕地被春风吹过，表面不干净的浮土都被吹跑了。接下来有小雨，让土往下沉一沉，站稳脚跟。然后再刮风，把泥土接纳阳气的孔窍全吹开。桃花这时候也被吹开了。好多年后，桃花也想不起自己是怎样开的花。打骨朵的事它还记得，后来晕眩了，再睁开眼已是满枝桃花。桃花不明白的事，春风明白，是它吹开了桃花。谷雨时节的春风不止吹开桃花，还吹谢了桃花。花朵凋谢的桃树不怎么好看，一下子头发变得花白（真是花白），有些花瓣掉了碴，好像好多张嘴变成了豁牙子。远看，花枝半谢的桃树如同老年秃子的背影。

今日谷雨，但火车并不比平时开得更快。坐在动车上观看从关外到关里的田野，大地渐渐披上绿纱。不知从哪一站开始，杨树开始绿了。东北的杨树这几天刚落下树苟子。铁锈色如毛虫一样的树苟子躺在白得如岩石色的落叶上。它们首尾相顾，仿佛便于爬行。落了树苟子之后，杨树会冒出尖尖的、披着红甲的叶苞，像小小的蛹。此时，沈阳的杨树还没钻出红叶苞，但树干已换了颜色，白里透出玉石的青。东至山海关之前，窗外的杨树仍然枯索，柳树才有最亮的颜色。小柳树只有梢头绿，仿佛留了一个新绿的沙锅盖发型。桃花谢了、杨树未绿、柳树的风头最猛。这一段时光，没有任何一种生灵比它更有活力。春草未生、野花未开、柳树可劲招摇，在路旁站成一排，弱冠青青。耕地去年的垄沟已经模糊了，田埂上长出了青草。细看，所谓"青草"是些野菜，它比草更早返青，宽叶子在地面匍匐。新耕过的地，如晾在太阳下的一幅长长的深棕色的布。一头骡子拉着一盘犁杖在地里走，后面的庄稼人一手举鞭，一手扶犁。在他们身后，又有一匹长长的布铺在地里。大部分耕地还没翻，离小满还有一个月，一个半月后才是芒种。

看一小会儿书，再抬头，麦苗已绿。这是我在大地看到的今年的绿庄稼。火车厉害，开到了麦苗翠绿的地方。在这里，麦苗都绿了，杨树、青草的绿已不令人惊奇。杨树枝条稀疏的黄绿，麦苗在地面返深的翠绿，野草在沟沟坎坎的杂绿,桥下水坑已积存老练的藓绿。这是河北省,火车开到这里,已结束了春天。看今年的春天,还得坐车回东北。河北这边全都是夏天,池塘里浮着白鸭。

河北有夏天,不等于这个地方美。车在河北大地走,眼睛看看柳树、麦苗就行了,别往远看。如果执意望远——别怪我——你一定见到了丑陋的景观,几乎所有的山都被开膛剖肚,与平原的麦地不匹配。哪座山被劈开,被掏开都丑陋。河北少山,有人见山就劈,采石研粉造水泥。

春小麦一块块绿在早春的田地里,它甚至不像庄稼,如厚厚的地毯,等待贵宾走过去。贵宾迟迟未来,鸟儿在麦地上方飞来飞去,如同它已经走过了。赶到昌平地界,花开到隆盛的地步。温榆河边的樱花繁复到枝头擎不住。它的花瓣如我小时候见过的榆树钱,像一根竹签子穿成的密密的花瓣。榆树钱嫩绿、樱花胭脂红。河边的树上——核桃树、榆树、柿子树、枣树上都有鸟儿翻飞,许多候鸟已经飞回了北方。麻雀与喜鹊之外还多了好多颜色鲜艳的鸟儿。谷雨时节,鸟儿不回,大地该有多么寂寥。谷雨这一天,由沈阳到达北京,天气都是阴乎乎的。谷雨的阴天不灰暗,阴是雨意丰沛,天空里透出光线,花与草在阴天里依然明亮。

立 夏

　　立夏是二十四节气中第七个节气，至此辰月终结，已月起始。"斗指东南，维为立夏。"大地在立夏这一天告别春天。但我昨天还忙于到田野偷土，到市场买秧苗，忘记了告别春天。

　　春天最后的花衣在立夏已然脱去了。园区里黄色的鸢尾花消失了，京桃树和李子树的粉花红花凋落，连树下的残花也看不到了。开花的树们换上了绿衫，安静地缔结小果子。孕育中的母亲们都很安静，此时再开一遍花就不成样子了。古人称立夏这一天"天地始交，万物并秀"。古人动辄把天地挂在嘴边，他们缺少现代物理学与天文学知识。天地怎么会在这一天始交呢？你看到了吗？姑妄听之。"万物并秀"却是真的。植物在立夏这一天没长叶子就不要再长叶子了，就像高考虽无年龄限制却见不到太多老年人参加。带叶子的植物在立夏全都长齐了。昨天，园区里突然起了雾，是真雾，而非霾。真的晨雾洁白、晶莹，有山林的湿气与香味。雾如纱一样，霾如粥一样。雾的轻纱罩在树后面，阳光慢慢掀开纱帘，露出带着水痕反光的绿叶。雾笼罩绿树的时候，为树叶清洗喷雾，让它们在雾气缭绕中重新登场。自然界有自己的游戏。立夏前后,大地一下稳住了。树叶都长上了树梢,就不在土里闹了。立夏的大地极为安详,春天的繁花胜景全体变身,仿佛大河穿越险滩进入平稳的河道。立夏的时候,树叶在微风中飒飒,仿佛在说"立夏,立夏"。

就今年的立夏而言,天空有雨。雨丝恍如飘在南方的田野,它们织了一层又一层的帘子,挂在两棵树之间,挂在前楼和后楼之间。往远处看,田野上的草丛蹲在白色的雾团里,其实是在雨里,而打开窗户竟听不到雨声。我确信天在下雨,走到阳台上伸出手掌,雨丝用冰凉的小手纷纷与我相握。我摊开手掌看,掌上落着小小的雨滴,只有小米粒的十分之一大。我们这里要变成南方了,改革的力度势不可挡。如果连着下几年这种样子的小雨,人的口音会变为吴语区,伲伲侬侬,脸色也会白一些。

立夏里,所有的枝头都爬满了绿叶,枝头顶端的叶子像猴一样四外瞭望,看夏天来没来。立夏的草地沾满了露水。我每天早上在草地里行走,草地在立夏前才有露水。说露水如说一种幻象,它是远远的、草地射来的一瞬而逝的钻石般的光,这是露水的光。蹲下看,却看不清露水在哪里。走起路,露水又在远方的草地刺你的眼睛,它永远在远处。不光草叶结露水,露水也结在小小的蛛网上。蜘蛛在雨片草叶之间结一张巴掌大的网,上面沾满了细雾般的露水,使蛛网白得如一小片塑料布。蜘蛛不愿暴露它的网,但露水告了密。树叶长满枝头之后,风好像小了,至少风速比过去慢了。树干不动,树的梢头在风里缓缓摇动,好像刚刚起飞的小鸟蹬得树枝乱摇。

江南的雨在沈北的天空不紧不慢地飘落,它们没发现这里不是江南,我也没提醒它们,不要多嘴。看窗外看不到雨,盯着对面楼房黑色的玻璃窗,能看到隐秘的雨丝斜着落地,这不就是江南吗?鸟儿们在空中飞,城堡般的灰云在天幕上站立行走。这种样子的云跟江南的云还是不一样,好像还停留在奉系军阀阶段,如此吹胡子瞪眼的奉系云怎么能下出江南的雨呢?我不明白的事情越来越多了,百度也不会告诉你真相。

立夏了,大地铺满了绿草。细看,草里边还有更小的草。这些小草立夏刚长出来,它们避开了春天的寒气。这些小草比春天的草更干净,雨和露水为它洗了很多遍。跟这些小草比,野菜已经老了。刚进夏天,野菜松散贴地的叶子现出灰绿。在草里,浅颜色是青年也是幼小的标志。人类的孩子也比大人白,包拯儿时也很白。

立夏把夏天立在大地,还立什么呢?树枝摇摆,像浪头向岸上扑过来。鸟群飞过天空、人仰面看到一个个十字飞过头顶。它们翅膀的宽度比头与脚的长度宽许多。鸟类打开翅膀如伸出两把横刀,把空气割得像凉粉那么薄。这些被收割的空气落在树上,吓得树枝左右摇晃。立夏的夜晚散发芬芳,你想说这是草木的香气。事实上,草木气息里还夹杂着更神秘的、勉强可以称之为香的气味,它是夏的气味。立夏之后,大地染上了这种香气,白天似有若无,在夜里气味变得明亮,像夏夜的星星一般明亮。

小　满

节气到了小满时分，荒野长满了青草。寂静的耕地长出一层比青草颜色更浅的禾苗。

夏天的河流挤满了大地的河床，这是茂密的青草和树叶。能插进脚的泥土上都长满了植物，再想生长的花草只好等待明年。春天走远了，初夏也走远，小满揭开了盛夏的帷幕。植物的童年与青少年时期已经远去。蒙古栎树的叶子已长到最宽，柳树细长的叶子也长到最长。所有的植物都褪去了童年的嫩黄，野草和树叶在小满时节进入了成年。与它们对话要用跟成人对话的口气，如"野草君、柳叶君"。草木的光阴就是这么短，被风吹吹，被雨浇浇就成年了。它们未必愿意长这么快，只是秋天不允许草木怠倦，那是它们生命的终点。草木是怎么知道世界上有秋天的呢？是谁告诉它们夏天之后是秋天，然后是万物肃杀的冬天？渺小的青草竟知道自己的大限，人却不知道。

田里的玉米苗有十厘米高，它的两片叶子如人伸出食指和拇指形成的八字。七十年前，谁若在别人面前做出这样的手势，则证明自己是八路，不好惹，但做这样手势的人多是土八路或假八路，真八路成建制屯于陕北，彼此用不着做手势。玉米的苗儿在褐色松软的土里纷纷做出八字手势。今年雨水好，假如春旱，这时节八字还出不来一撇。庄稼的苗有行距和间距，像有人在一大幅土色的纸上习字。字不大，占的地方不小。这么宽敞的地方，如赏给青草，它们早就长出一窝蜂了。青草一定觊觎玉米的地盘，但青草长上去就被拔掉。这叫农业，懂不懂？这一块田的四周，有无数青草趴在地头看玉米生长，跟看球赛差不多。玉米苗舒展腰身，八八八，一看就是在体制内的人。

小满里，树叶子已长的密不透风。风从树里穿过，无数树叶为它们打开关上绿门帘子。从树下往树里看，什么都看不到，叶子里边藏着更多的叶子。在沈北的空旷的大道两旁，栽种着杨树、槭树、国槐、丁香、银杏和松树。乔木膝下是连翘，甚至有绵延几千米的玫瑰花丛。我跑步经过这些地方，不禁赞叹国家真有钱啊。开得嘟噜一串的玫瑰花在无人的大道上散出浓烈的香气。我闻到一小部分，其余都被风吹走了。路上偶有汽车驶过，但没人停车闻闻再走。小满是节气里的富人，它应有尽有，雨水、草木、花香全堆在了夏天。跟小满比，立春和春分都是流浪汉。

我印象中的鸟啼多在早晨和傍晚，而小满时节有一种鸟从早上叫到晚上。它不仅在树上叫，还在房顶叫。边飞边叫——布谷，布谷，声音传得很远。每当它叫"布谷"，我在心里说"地早种完了"。它又叫，我再说一遍，但我发现终于拗不过它。在旷野，我高喊："地——早——种——完——了！"布谷鸟照样淡定地说布谷，布谷。它有强迫症，我也有。有一天，我终于不在心里续——地早种完了,我悟出,除了"布谷",它不会发别的音。从小,它妈只教这一句话,伊竟说了一辈子。布谷鸟又名杜鹃,古人送它的名曰子规,爱把蛋下到别鸟的巢里。它的啼声如木管乐,共鸣好。我听到林里传来的"布谷"则揣摩它的口形,它是怎样模拟双簧管的音色呢?"布谷"实为"奥鸣",跟粮食生产和农村经济都无关切。它在中国、朝鲜、丹麦、挪威都这么叫,不理会当地人的语言。中国人愿意把它听成布谷而不是复古,民以食为天。布谷在音阶上差二度,如"咪哆",似一首乐曲的起句。起句一般规定着旋律的走向。挪威作曲家约纳森的《杜鹃圆舞曲》的起句即模仿杜鹃的叫声而非模仿它下蛋。"咪哆,咪哆,咪索索米哆咪来。"发展成了一首曲子,多合算。因此,我听到空中的"布谷"时,心里亦接续"咪索索咪哆咪来,"比"地早种完了"高雅一些。

小满青蛙叫,这是就我住的地方而言。楼前有树,树后有彩钢板。彩钢板后面是啥不知道。傍晚传来青蛙的合唱。青蛙的叫声既非独鸣,也非颤音。呱——好像它舌头是折叠的音囊,又像它在吹一个大泡,还像用小槌划过搓衣板,呱——青蛙叫得好,渲染田园静谧,使星星看上去白净。呱——假如布谷鸟学会青蛙的唱法,变成"呱谷——"也很动人。

小满的风是夏季的热风,干燥疾猛。阳光照下来跟盛夏一模一样,晃得人睁不开眼睛。清晨,石板上已有露水。草叶里藏着针一样的露珠和光芒。地里的庄稼和青草满了,树上的树叶也满了,天空上云彩也满了。

雨下在夏至的土地上

到了夏至，雨水不再是陌生人，它们像投奔故乡的游子，踩着云彩回到夏至的土地上。

夏至，雨的声音大过河水声、庄稼拔节声、蛙声。雨说给土地的话，要在夏至这一天一夜说完，土地根本没有插话的机会。对雨水而言，春秋冬三季造访土地只算做客，夏至才回到自己的家。

草毛了，从春天开始，草在雨水的定额里断断续续生长，属于计划经济。而至夏至，草逢豪雨，尽情挥霍，一边喝一边生长，还有余裕的水分洗一洗脚丫缝儿的泥。水有的是，草在风里甩去袖子上的水。白天，城里的草呆观街景，在夜里像冲锋一般疯长。才几天，街边公园的草已经高到让沈阳的老爷们儿站在其中撒尿了。以往如城堡一般的云朵全向夏至投降，化为宽大的灰筛子筛雨，减轻天空的重量。

二十四节气里边，夏至是第十个节气。公历六月二十二日前后，太阳到达黄经九十度，此为天文学之夏至点。这一天，按照旧学说法，阳气极至，阴气始至，太阳北至。夏至之时好像十二时辰中的午时，十一点～十三点，阳鼎盛而催阴生。这个月，属十二生肖的午马当令，奔腾暴烈，下点雨只是小意思。卖弄一点中医学说，午时或者夏至，归于十二正经中的心经。心为火脏，刚烈蓬勃。火与心、马与午、夏与阳，都说生机勃发之至，乃至夏至。

雨下之不够，始于夏至。雨从春天开始一天天降价，像姑娘变成妇女。春雨因播种而贵，到夏至，雨回归大众，为野草榆树赖毛子青蛙蝌蚪下到冒泡。该长的全长出来，青苔亦随之厚泽，每一寸土地都长出植物。至于花，开遍了城乡大地。雨水充沛，花是草木对天的谢忱。大地无所有，聊寄一枝花。河南的唢呐曲牌，一曲名为"一枝花"。

《素问》曰："心主夏。"养心的人于夏宜安，食苦味，助心气。对大地来说，心是生长，是让所有的植物尽性勃发。如果有什么东西到了夏至还没长出来，就永远长不出来了。

雨下在夏至的土地上。

大地母亲一手拢过雨水的子女，一手拢过草木的儿孙。这时候，大地最高兴，像看见满院子孩儿乱跑，天真无赖，比秋天的成熟还好看。

立 冬

冬天并没在立冬这一天来到。冬天到达沈阳市皇姑区是在小雪节气后的第五天。人们说冬天到了，但谁也没劝别人说，都在说，好像他们身体里藏着一个接受天气的软件，集体接到了这个短信。

北方人的生活经验包含着对冬天的认知。这个知识并非来自天气预报，天气预报才有多少年？它来自身体。小雪后第五天，人们出门咳嗽，嘴里反一些白气，好像咳嗽把肺里的白面口袋震冒烟了。这人说：冬天真到了。别人说：真到了。边说边擦鼻子下的清鼻涕。咳嗽和清鼻涕是北方人（年纪稍长者）献给冬天的见面礼。

冬天在夜里到达沈阳——季候一般都在夜里到达，在二十三点至凌晨两点之间——天空突然澄澈。早上，在西藏式的可以称之为鲜艳的浅蓝天空下，树木孤零零地站立在街上，脚下等待白雪。有的树招摇着未落的绿叶子。它迟到了，往冬天奔跑的树木马拉松，它跑在了最后。还没来得及放下手里的叶子，比赛已经结束。

街上有冰，那是头几天下小雪融化后的冰。冰薄，像有皱纹，冰下有黑的水。此谓试结冰，先练练。人民即刻穿戴臃肿，特别是早市卖菜的商贩。如果这条小街夏天可以并排走十个壮汉，现在最多走六个，他们穿得太厚。人穿厚了走路胳膊往外支，腊巴腿（裆里毛裤棉花过多）。所有的人都戴上了帽子或围脖，鞋子笨重。他们见面说：冬天到了。答曰：真到了。过去他们见面说：你嘎哈呢？

草里的白雪还没化。反过来说也行：草还在白雪里绿着。草似乎为此得意，在棉团似的雪里探出头，炫耀强壮的体魄。还绿呢，像夏天一样绿。它们伸出的高高绿叶子，假装在堆积泡沫的白海游泳。多数草已经枯萎，埋在雪里。

冬天到来的时刻，每一年都不一样，也没必要一样，它毕竟不是火车。从立冬到小雪这几天，冬天最忙。他是一个威严的老人，但身体没问题，喜欢咳嗽，胡子挂霜。他的呼吸道遇到了他所散发的强冷空气。冬天管的地盘多大啊，从西伯利亚一直到山东是他的地界，从格陵兰岛到普鲁旺斯也归他管。他要把每一寸土地都安排好，让冰雪安营扎寨。有的雪花落地站不住脚，化了，那就再下几层。冰的事情更麻烦，冬天要把每一条河流都冻上冰，这比南水北调、西气东送工程还复杂。每条河都很长，从头冻到尾，需要时间。有的河在三九天没冻严，厚厚的白色冰层之间有黑的活水和漂流的浮冰。这样的河，是冬天马虎的结果，必须返工。呼伦贝尔草原的小河比蛇还要多，藏在草地里。冬天把它们一条一条冻上，河在冬天里流淌不太严肃。我在昌图见过一个破败的村庄，家家大门上锁，人都进城打工了，耕地撂荒。但就这样一个地方，照样有完整的冬天——土地结冻，马车碾过的泥泞被冻结为雕型式的原形。房顶的秋草反射白霜的亮光,乌鸦的叫声传得更远。这个村一无所有,但有冬天。

不知道小鸟冬天在哪里喝水。昨天,二十四中学墙外有一小摊积水,是雪水,未结冻也没被阳光晒干。一群麻雀飞来啄水,刚啄两口被开过来的汽车轰到树上。接着又下来喝水,车是一辆接一辆地开过,麻雀蹲在树上看水。人类没别的玩意儿,就趁车。小鸟冬天上哪儿喝水呢?不知道。第二年春天又见到小鸟在天上飞,可见它们有水喝。

人在冬天显胖,其实不一定胖。人脸被围巾一勒,像开裆裤把小孩屁股勒出滚肉一样,该多胖还多胖。人在冬天走路,眼睛盯着地面,路上有冰。但孩子们走路没看过路,也没摔过跤,摔了也没骨折。孩子们走路眼看前方,开怀说笑,他们四季如春。

冬天让开阔的更加开阔,静寂的越发静寂。冬天的蒙古高原,群山顶戴素白冠冕,雪的披风从山峰的斜肩膀一直拉到地面。开口说话的田野生物这时缄口,再开口是春天了。冬天干净,地里的庄稼收了,河流封冻,草荒芜。云彩比夏天少多了,天上只剩下几朵拖着长尾的流云。我看到了大地的起伏,宽广和朴素。这时候,大地什么都没有了,地上的雪,来自天空,权做泥土的衣衫。大地无所谓衣不衣衫。作为最大的富有者,大地每年都有一次彻底的贫穷,或者叫归零,或者叫甩货,或者叫放下,总之干干净净,总之可以从春天生长第一根草开始再度繁荣。人说放下实际放不下,大地放下之后真啥都没了,万般皆空。它不想为明天春季保留任何一样旧东西。

　　立冬好。身上冻一冻，血管肌肉都冻一冻，可以保鲜。冬天的土地结实，走到哪里都不陷落。冬天的阳光珍贵，照在玻璃窗上金黄暖睐，让人不困思眠。此时，人或胖上一小圈儿。田野上的乌鸦传播封冻的消息，起飞蹬落树枝夹缝的雪。冬天邀请太阳到干净的大地上做客。太阳缓慢到来，缓慢离去。傍晚时分，满面红光的太阳与冬天在山峦后面道别，冬天一送再送，群山宛若一池金汤。

大　寒

　　大寒了，天空的鸟儿飞得很慢。跟往常比，鸟儿稀少的天空成了没有棋子的棋盘。一只大鸟在天上慢慢飞着，翅膀像冻住了，正缓缓复苏。鸟儿不知向哪里飞，飞到哪里都有北风。风往南吹，意思让鸟儿飞到温暖的南方生活。可是还有鸟儿不晓天意，仍留在北地。大地景色，在鸟儿眼里如在苏武眼里一样寒凉。雪在凹地避风，褐色的树枝被冻在地里，土冻在土上，大地悄无声息。

　　鸟儿一直听得见大地的声音。春天，地里发出的声音如万物裂开缝隙，许多东西悄然炸开。花儿开时，似鱼儿往水面吐泡，噗！花苞松开手露出手心的花蕊。夏季，所谓庄稼的拔节声来自大地而非庄稼。大地被勃发的植物扯开衣襟，合也合不拢，布不够用。拔节声是大地衣衫又被撕开许多口子。夏天，大地只好做一个敞怀人，露出万物。秋季里，天地呐喊，鸟儿听到的喧哗比高粱穗的颗粒还密集。万物在秋天还债。果实落下，为花朵盛开向大地还债，五谷成熟，用粮食向河流还债。秋天的还债与讨债声比集市热闹。欧阳修听到喧哗自西南来，称："异哉！初淅沥以潇飒，忽奔腾而澎湃，如波涛夜惊，风雨骤至。

其触于物也，铋铋铮铮，金铁皆鸣；又如赴敌之兵，衔枚疾走，不闻号令，但闻人马之行声。"这是干什么？这是万物在秋天的集会，打鼓敲锣，欧阳修称之为"秋声"。此声人类听不见，庄稼和鸟儿听得清。欧阳修比别人多了一个心窍，听到此声。他指使童子"此何声也，汝出视之"。童子哪里有这样的听力，回答："星月皎洁，明河在天，四无人声，声在树间。"人只能听见人声，其他声音都听不见或听不清，故此，童子"垂头而睡"。

大寒封闭了土地的声音，鸟儿呱呱啼叫，找不到土地的回声。大地的每一个缝隙都被寒冰冻死。寒冰不仅在河里，大寒的大地就是一块寒冰。在冰冻里，大地已经睡不醒了，冬眠的何止是小虫？大地冬眠久矣，暂别了所有的生灵。灰狼感觉大地陌生，它不懂春夏秋冬这些划分，在大寒这一天，狼懂得了命只是拴在饥饿上的一根草。佛法劝人常常面对、体悟、思考死亡，从死亡那里领取一份礼物。狼早就在这样做，它在饿死的考验中抽到了坚韧不拔的签。

大寒之后，鸟儿被大地抛弃了。地不再像家，家飘在了空空荡荡的天空。天空没有透迤的河流，没有繁枝与花朵。大鸟用翅膀勾画河流和山峦的轮廓，它的羽毛刮破像玻璃纸一样冰冻的空气。空气的透明碎片落在雪地。

山峦消失于大寒之夜，山峰的峭岩被雪削平，山与山的距离缩短，山倒卧在雪里睡觉。从空中看，山脉不过是几道雪的皱纹。没有树和岩石，雪把大地变成平川。人说鸟在天空飞行要依赖脑内罗盘定位,但科学家没找到罗盘藏在小鸟脑装的哪个部位。我想此事未必如此。如果我是鸟儿,会以河流为飞行定位。河水流向日落处,北岸高于南岸。河水白天流淌,夜里也不停,天空分出一半星星倒进河里。河岸的水草丛是鸟儿做梦和练习唱歌的好地方。河流是大地的绳子,防止地球在转动中迸裂。河流替鸟儿保管着喝不光的水,它是鸟的路标。

大寒里,水的声音逃逸,水被冰层没收。我常常想:冰冻时分,鸟儿到哪里喝水呢?野猫野狗的饮用水在哪里?脱胎为走兽飞禽遭遇的第一个磨难是冬天没有水,第二个才是寒冷。但我宁愿相信它们能找到水。看到鸟群飞过寒冷的天空,我想它们已经喝足了水或飞往有水的地方。

大寒是不是大汗穿着隐身衣在白雪的大地骑马巡视?马也穿着隐身衣。泥土冻结在一体,灌木匍匐在地,大汗的马蹄无须落地已然驰远。大汗看到雪后的土地变厚,山峦变矮,冰把河流的两岸缝到了一起,大汗的疆域无限。鸟儿飞向前方报告大汗巡视的消息。大汗等待另一场大雪的到来,埋掉所有动物的脚印。

大寒的河流不流,鸟儿在冰上啄不出水,冰比玉石还硬。北风吹走河床的白雪,露出黑冰,如同野火烧过的荒地。

大寒把寒字种在了每一寸土地。寒让枯草的叶子像琴弦一样颤抖,寒让石头长白霜,寒让乌鸦的叫声如枝杈断裂。大寒是农历二十四个节气中最后一个节气。土地自大寒始启动阳气。阳的种子在阴极之日坐胎,夏日所有的炎热都来自大寒这一天滋生的阳气的种子。此阳如太极图黑鱼身上的白点,阳在阴的包裹中生成纯阳。在节气里,阴极之日曰大寒。大寒是彻骨的冰炉,炼出滚烫的火丹。大寒种下的种子再等一个节气就要萌动,时在立春。阳气的种子如一粒沙,在大寒苏醒,它活了。人看不到阳气萌动,大地对此清清楚楚。

雨的灵巧的手

玻璃上的雨水

想走进屋里来的雨水被玻璃挡在外面,它们把手按在玻璃上,没等看清屋里的情形,身体已经滑下。更多的雨从它们头顶降落又滑下,好像一队攀登城堡的兵士从城头被推下来。

落雨的玻璃如同一幅画——如果窗外有青山、有一片不太高的杨树或被雨淋湿的干草垛,雨借着玻璃修改了这些画面,线条消失了,变成色块,成为法国画家修拉的笔触。杨树在雨水的玻璃里变得模糊,模糊才好。它们的枝叶不再向上生长,而化为绿色的草窝。雨水仿佛要劈开这些树,树们用尽气力复原,最后变成草草涂抹的油画的草稿。在我的窗外,高挑的蒙古栎树的树冠被雨水修改成一朵挂在木杆上风吹不走的绿云,它竭力往地上甩掉雨水。它并不知道,雨水是甩不掉的,就像被雨水淋湿的衣服怎么拧也拧不干。隔着雨水的玻璃看,树脚下蔷薇花的树墙仿佛在跳跃。雨水像擦黑板一样擦掉一朵朵蔷薇花,雨水刚淌下去,花又冒出头来。我才知道,雨在玻璃上爬上爬下,是为了重新画一幅蒙古栎树和蔷薇树的画。雨见到修拉的画之后认为这才是画。雨觉得绘画的要素有三个,第一个是笔触，第二和第三个要素是笔触与笔触。笔触是充分的水分与毫不犹豫，是不断修改。雨从开始下到结束一直没停止在玻璃上修改它的画。雨用第二笔覆盖第一笔，然后用第三笔覆盖第二笔。雨不想让人看清楚它刚才在画什么。作为艺术家的雨，除了笔触，不懂其他。如果你跟它讲构图，它会说构图都是用上而下的直线，线条像木梳齿一样，像垂下的手指一样，像雨一样。

另外一些雨不搞艺术，它们比较务实。这些雨从天空看到我所居住的这间房子，看到房子上的窗子。它们要进屋转一转，看看屋里的摆设，到沙发上坐一下，到床上躺一会儿。它们从空中冲下来，瞄准了窗子但被玻璃挡住，流行的话叫被截访。雨不知道什么叫玻璃，它们视玻璃为无物。当大批的雨滴冲到玻璃上流淌化为水溜时，更多的雨冲过来。雨也很倔，它们又被挡住，从窗台滑下。雨认为这是不够猛烈的结果，继续冲击窗子，玻璃发出"噼噼啪啪"的声响。所有的雨到底也没弄懂什么叫"玻璃"，它们只觉得那扇窗户是一个怪物。它们发现，许许多多的窗台都是怪物，雨水进不去那里的屋子。

从云朵里冲出来的雨滴在天空遇到了无数同伴。它们冲进风里，朝大地飞行。湿淋淋的大地一派苍郁，混浊泛白的河流在黑黑的土地上弯曲着流淌，浅绿的麦穗在风里吃力地抬起头又垂下。风如马队一排排踏过麦田，留下凹凸不平的麦浪的坑。鸟儿全藏了起来，站在某一片树叶下面等待雨歇。远处的灰云缓缓下沉，仿佛低于地平线。一部分没有抱团的云散开了，在河面薄薄的飘荡。雨在俯冲，无数雨滴撞在别的雨上，碎成新雨接着俯冲。雨落得太快，没办法在人的视网膜上成像。如果人眼达到鸟眼的分辨率，雨是一颗颗亮晶晶的圆球在空中飞。雨并非在"下"，而在风的推动下飞行。如果光线充足，雨滴像水银的颗粒向地面灌注。雨滴在飞行中保持流线的形态，圆脑袋，有一个小尾巴。如果分辨率更高，可看出雨滴在空气中拉成片儿，又聚合一体。雨滴在风里动荡、摇摆。雨跟雨汇合，又被风吹散。雨像梳子，像笤帚，像大片的水被筛成小水滴。雨往大地俯冲，在风和其他雨滴的推动撞击下一点点接近大地。大地在雨的视野里越发清晰。雨滴将要降临地面，它们看到树林张开枝叶的手臂拥抱雨。树的面孔挂满雨滴，雨滴从树叶流到树丫再顺树干流到地面。这些水流的流淌声被树叶上的沙沙声所遮蔽。树张开手臂，企图把所有的雨水都抱过来，把自己变成漏斗，让雨水流到根上。雨飘在河流的上空，河水下面的泥沙在水面翻滚。没有哪条河流在下雨时是清澈的。雨滴的脚步刚刚踩上水面，就被河水放大为圆圈儿。圆圈儿似乎可以放得无限大，但被别的圆圈儿顶破。对河来说，下雨如同天上撒铜钱，圆圆的铜钱一瞬间沉入河底。即使下雨，河水也没停止流淌，其实它可以停下来避一避雨，雨增加了它们奔流的体积。下在河里的雨如同下在传送带上，河把这些雨水带到没下雨的地方。雨把乡村的土路变得泥泞，被风刮断的树枝躺在草里。所有的野花都低下了头。被雨水打乱的花瓣贴在背上，如浇湿的衣领。脚步敏捷的雨滴准确地落在电线上，有的雨滴直接落进下水道井盖的圆孔，有的雨让旗帜贴近了旗杆。

　　往屋子里冲锋的雨依然被玻璃挡回来，它们还没来得及摸一下玻璃就掉在窗台上。雨集合更多人马往屋里冲，到沙发上坐一坐，到床上躺一躺，但全体从玻璃上垂直落下。从屋里往外看，雨像壁虎一样趴在玻璃上，如一幅画，朦胧的树像在雨里行走。

金毡房

今天的雨，刚下时竟看不清它在哪里。我以为是自己没戴眼镜的缘故，戴上仍看不清。这里原来不曾下这种江南的雨，沾衣欲湿等等，让人不好意思。此地人习惯暴雨骄阳或干旱。

我撑伞到桥下，找一处沉黑的背景看雨。雨丝清晰了，每根约有半尺长，倏而钻地。对人视网膜而言，雨滴如丝。落地的速度再快一些，此丝则有一尺或二尺长。

少顷，雨大起来，在黑色的马路上溅起水花。看上去，千百之众的年轻的雨滴在跳迪斯科，在街上使劲跺脚。

雨滴落下来，有的沉寂，有的宛然成泡——一座透明的宫殿，原来雨滴下凡造宫殿玩儿。水泡浮游，转瞬被雨滴砸灭，很娇嫩。这时，又有新的玻璃宫耸然水上。当水泡连成一片时，使人想起刘皇叔的八百里连营。

雨神下雨，也是不得不做的工作，不妨弄出些水泡自娱。说话间，西边落日灿烂，把水泡染得如可汗的金毡房。

没有人在春雨里哭泣

雨点瞄着每株青草落下来，因为风吹的原因，它落在别的草上。别的雨点又落在别的草上。春雨落在什么东西都没生长的、傻傻的土地上，土地开始复苏，想起了去年的事情。雨水排着燕子的队形，以燕子的轻盈钻入大地。这时候，还听不到沙沙的声响，树叶太小，演奏不出沙沙的音乐。春雨是今年第一次下雨，边下边回忆。有些地方下过了，有些地方还干着。春雨扯动风的透明的帆，把雨水洒到它应该去的一切地方。

走进春天里的人是一些旧人。他们带着冬天的表情，穿着老式的衣服在街上走。春天本不想把珍贵的，最新的雨洒在这些旧人身上，他们不开花、不长青草也不会在云顶歌唱，但雨水躲不开他们——雨水洒在他们的肩头、鞋和伞上。人们抱怨雨，其实，这实在是便宜了他们这些不开花不长青草和不结苹果的人。

春雨殷勤，清洗桃花和杏花，花朵们觉得春雨太多情了。花刚从娘肚子钻出来，比任何东西都新鲜，无须清洗。不！这是春雨说的话，它认为在雨水的清洗下，桃花才有这样的娇美。世上的事就是这样，谁想干什么事你只能让它干,拦是拦不住的。春天的雨水下一阵儿,会愣上一会儿神。它们虽然在下雨,但并不知这里是哪里。树木们有的浅绿、有的深绿。树叶有圆芽、也有尖芽。即使地上的青草绿得也不一样。有的绿得已经像韭菜、有的刚刚返青。灌木绿得像一条条毯子,有些高高的树才冒嫩芽。性急的桃花繁密而落,杏花疏落却持久,仿佛要一直开下去。春雨对此景似曾相识,仿佛在哪里见过。它去过的地方太多,记不住哪个地方叫什么省什么县什么乡,根本记不住。省长县长乡长能记住就可以了。春雨继续下起来,无须雷声滚滚,也照样下,春雨不搞这些排场。它下雨便下雨,不来浓云密布那一套,那都是夏天搞的事情。春雨非不能也,而不为也。打雷谁不会?打雷干吗?春雨静静地、细密地、清凉地、疏落地、晶亮地、飘洒地下着,下着。不大也不小,它们趴在玻璃上往屋里看,看屋里需不需要雨水,看到人或坐或卧,过着他们称之为生活的日子。春雨的水珠看到屋子里没有水,也没有花朵和青草。

　　春雨飘落的时候伴随歌声,合唱,小调式乐曲,6/8拍子,类似塔吉克音乐。可惜人耳听不到。春雨的歌声低于二十赫兹。旋律有如《霍夫曼的故事》里的"船歌",连贯的旋律拆开重新缝在一起,走两步就有一个起始句。开始,发展下去,终结又可以开始。船歌是拿波里船夫唱的情歌小调,荡漾,节奏一直在荡漾。这些船夫上岸后不会走路了,因为大地不荡漾。春雨早就明白这些,这不算啥。春雨时疾时徐、或快或慢地在空气里荡漾。它并不着急落地。那么早落地干吗？不如按 6/8 的节奏荡漾。塔吉克人没见过海，但也懂得在歌声里荡漾。6/8 不是给腿的节奏，节奏在腰上。欲进又退，忽而转身，说的不是腿，而是腰。腰的动作表现在肩上。如果舞者头戴黑羔皮帽子，上唇留着浓黑带尖的胡子就更好了。

春雨忽然下起来，青草和花都不意外，但人意外。他们慌张奔跑，在屋檐和树下避雨。雨持续下着，直到人们从屋檐和树底下走出。雨很想洗刷这些人，让他们像桃花一样绯红，或像杏花一样明亮。雨打在人的衣服上，渗入纺织物变得沉重，脸色却不像桃花那样鲜艳而单薄。他们的脸上爬满了水珠，这与趴在玻璃上往屋里看的水珠是同伙。水珠温柔地俯在人的脸上，想为他们取暖却取到了他们的脸。这些脸啊，比树木更加坚硬。脸上隐藏与泄露着人生的所有消息。雨水摸摸他们的鼻梁，摸摸他们的面颊，他们的眼睛不让摸，眯着。这些人慌乱奔走，像从山顶滚下的石块，奔向四方。春雨中找不到一个流泪的人。人身上有四千到五千毫升的血液，大约只有二十到三十毫升的泪。泪的正用是清洗眼珠，而为悲伤流出是意外。他们的心灵撕裂了泪水的小小的蓄水池。春雨不许人们流泪，雨水清洗人的额头、鼻梁和面颊，洗去许多年前的泪痕。春雨不知人需要什么，如果需要雨水就给他们雨水，需要清凉给他们清凉，需要温柔给他们温柔。春雨拍打肩行人的肩头和后背，他们挥动胳膊时双手抓到了雨。雨最想洗一洗人的眼睛，让他们看一看——桃花开了。一棵接一棵的桃树站立路边，枝丫相接，举起繁密的桃花。桃花在雨水里依然盛开,有一些湿红。有的花瓣落在泥里,如撕碎的信笺。如琴弦一般的青草在桃树下齐齐探出头,像儿童长得很快的头发。你们看到鸟儿多了吗?它们在枝头大叫,让雨下大或立刻停下来。如果行人脚下踩上了泥巴应该高兴,这是春天到来的证据。冻土竟然变得泥泞,就像所有的树都打了骨朵。不开花的杨树也打了骨朵。鸟儿满世界大喊的话语你听到了吗?春天,春天,鸟儿天天说这两个字。

桑园的雨

每一场雨,在桑园的小虫看来都是汪洋。尽管是小雨,雨滴落下来,对小虫来说也是可怖的事情。譬如,一个比你身体大三倍的水坨子啪叽砸下来,很意外的。

我想,即使如雨滴般大小,也是按人的身体比例设定的。它只有人的泪珠那么大,只有半个耳垂大,千百滴于人身上,砸不坏也吓不坏人。雨水即使多到让江河决堤,也给人留有余地。它下几天几夜,有时间让你撤退。这里面仿佛有上帝的恩典。

我不知道桑园的瓢虫怎样看待雨。雨水灌注它的洞穴时,瓢虫是否用椭圆的背抵在洞口?雨在天上一看,瓢虫你别没大没小了,下!一夜的光景,把瓢虫冲出六道街之外。鸟喜欢雨,它以为这是水珠的落地比赛,而且自己羽毛不沾水,它早就想让昆虫之类知道此事了。但别打雷,即使是一分贝的噪音,鸟也很烦。鸟站在松枝上,看雨丝像门帘子一样挂着下。老下,不见上来,不知雨后来做什么去了。松树在雨中睡着了——一下雨它就困——梦见自己穿上了黑礼服,偷偷散发着松香气味,和后街的柏树幽会。鸟看了一会儿,换一换脚。蚂蚁前天就知道有雨,弄好了遮蔽措施。但洞里很小，蚂蚁们只好整齐地坐着，像赴前线的士兵。走惯了，蚂蚁感到六足不适。后来，它们搞无伴奏合唱，用人类听不见的六百赫兹的波长。

　　人不把雨放在眼里，家里外边都能待，不搭你上帝的交情，什么把雨点设计很小之类，不信。雨停时，我曾在桑园坐着，在许久的寂静后，传来一声怯怯的鸟啼，仿佛第一个推门张望者的悄悄自语。这时，昆虫蹑足活动。风一吹，树甩头发落下一层雨滴，它们吓得往回跑，以为雨又来了。其实，阳光明晃晃的洒得哪儿都是。

水滴没有残缺

每一滴水都是圆的,水比所有的东西都看重圆满并保持圆满。水珠将滴未滴之际,是瞬间的椭圆,坠下马上修复成为标准的圆。水滴在空中坠落,水分子拉紧了手,绷紧了身上的衣衫。每一滴水都抱着如此大的力量和信念——保持一个圆。圆不会分散,圆没有残缺,圆可以保持自己的力量又借助别人的力量。水在空中被打碎,化为新的水珠,新的圆。把水称为兄弟何等准确,它们用看不见的手抱在一起,不分离。

水透明,人看不清水的容貌和水的个体。所谓"水分子"只是科学的一种说法。每个水一定有小到人眼看不见的身体,它们彼此相识相亲,不分你我。

把一碗水、一壶水、一桶水倒入河水江水海水里,它们瞬间融合,找不到过去的"我"。水有神奇的融合能力,不固执、不拘泥、不自我,最在意和合。把瓶里的水倒入杯里的水,分不出先后,它们如同自古以来就在一起,没区别。

相比较,人的融合最难。与其说性格难合,不如说文化难合,文化所包含的真实与虚伪、虔诚与诡诈、信仰与傲慢，让每个人都抱着自己的文化和利益绝不妥协，宽容在大部分情况下是一句空话。有的夫妻过了一辈子还在争吵，文化或价值观把每一件事都变成导火索。人看到水的融合会不会自省？只要是水，一杯脏水倒进干净水里，也会被均匀地淡化与净化，干净水慷慨地接纳了"脏水"，使它们比原来清澈一些，尽管水的整体浊了一些。

天下没有比水更加包容的物体。水无差别，无分别，水尽最大力量维持着平衡。水比钢铁坚硬又懂得温柔，水动驰万里，静守千年。人不知水的衣服在哪里，波浪是水奔跑的身姿却不是它的衣服。有一天，冬天洋井的铸铁包了一层透明的膜，是冰，这就是水的外衣。水最巧，这一层冰多么薄、多么均匀。水可以分成多少层呢？它可以分成无数层却不分层。"浑然一体"这个词最适合于水。

水不挡光。生物的生长离不开阳光。阳光对植物而言，不只是温度，还是能量，像粮食一样。水的透光性保证了水中生物的生长。水无私，生育万物。

我们抓不住一滴水，更没办法用手捧着水走过千万里。水爱自由，它不想成为人的装饰或附庸。但人们身上有水。血液中百分之九十九的成分是纯净水。这些水里携带着人赖以生存的氧气，含着把水变红的血红细胞。血水运送人体的养料和废料。而人体细胞内有更多的水。水做的女人是《红楼梦》的说法，水做的人是上帝的说法。我们生活在身体的水中。但我们还是不像水，像我们自己。

铁皮屋顶上的雨

雨的脚步不齐，永远先后落在铁皮屋顶上。铁皮屋顶是我家窗下的一百多米长的自行车棚的棚顶，里面有二十多辆自行车，一半没了鞍座与辐轳。

自行车棚顶上的铁皮涂绿漆，感觉它特招雨，也许云彩下雨正是因为相中了这个铁皮车棚。

听雨声，雨滴的体积不一样，声音就不一样。大雨滴穿着皮靴，小雨滴连袜子都没有，人字形的铁皮上的雨滴打滑梯滑到边缘，变成水流儿。

雨滴落在芭蕉叶、茄子叶、石子和鸡窝上的声音不一样。有一年，我在太行山顶峰的下石壕村住过一宿。开门睡觉，雨声响了一夜。我听到从瓦上流进猪食槽里的雨水如撒尿。而雨落在南窗下的豆角叶和北窗下的烟草叶子上的声音完全不同，像两场雨水。豆角叶上的雨声是流行乐队的沙锤，沙啦沙啦莎拉曼，成了背景。烟草叶上的雨滴噗噗响，像手击鼓。或许说，烟草里有尼古丁，雨滴的声音就沉闷？没准儿。再细辨，雨落石板是更加短暂的清脆声，几乎听不到。我听一会南窗，听一会北窗，忽然想，主人为什么不把豆角和烟草种在一起呢？就为了让人来回跑吗？

　　从家里的窗户向自行车棚瞭望，雨小而大，缓而急。离铁皮屋顶一尺的地方，雨露出白亮的身影。转而急骤，成了白鞭，一尺多长，落地迸碎。瞧一会儿，觉得这些雨成了屋顶长出来的白箭。这块不知什么年头铺盖，什么年头刷绿油漆的铁皮屋顶清洁鲜艳，像铺好地毯等待贵宾。贵宾是谁呢？是后面更大的雨。小雨的雨柱细小，落在屋顶上，像洒沙子。不常吃六味地黄丸的人的耳朵听不出这么细腻的雨声。雨大之后，什么丸也不必吃了，满耳哗哗。雨滴落在铁皮屋顶上发出金石之音。自行车棚这个共鸣箱太大了，比钢琴大几千倍，比小提琴大一万倍，它本来可以装一千辆自行车但只装了二十多辆，其中一半是没有盗窃价值的废车。里面的好自行车也就值二十元钱，在销赃市场卖十元钱，现被车主用码头用的粗铁链子锁着。豪雨见到这一块发声的屋顶喜不自胜，它们跺脚、蹦高、劈叉。雨没想到它竟可以发出这么大的金属声音。以前下过的雨，下在别处特别是沙漠上的雨全白瞎了，是哑雨。"好雨知时节，当春乃发生。"应该是"发声"吧？古代雕版工是不是把字刻错了？

　　风吹来，风像扫帚把空中的雨截住甩在地下。铁皮屋顶的响声轻重不一，重的如泼水。泼一桶水，"哗——"地流下来。自行车棚里的老鼠可能躲在角落里诅咒这场雨。雨在屋顶上没完没了，让酷爱安静的老鼠没法耐受。我想象它们拖着尾巴从东到西，寻找声音小点的区域，没有。

　　我听一会儿雨，忍不住向外面瞧一会儿，铁皮屋顶如此鲜艳,不能比它更鲜艳了。都说计划经济时的中国贫穷,这要看什么事。拿援助阿尔巴尼亚和往我家楼下铁皮屋顶刷油漆这两件事来说,很阔绰。如果阔绰这个词不高雅,可改为放达。哪个富裕国家往公用自行车棚的铁皮上刷过油漆?没有的,况且里边只有二十多辆车和三十多只老鼠。铁皮值不少钱,制成炉筒子、小撮子能卖多少钱?计划经济并非一无是处,让人在雨中目睹鲜艳的绿和听取不一样的雨声。

如果把铁皮屋顶的雨声收录下来,做成一首歌的背景也蛮好。它是混杂的、无序以及无边际的声音,能听出声源中心的雨声和从远处传来的雨声,层次感依次展开。我考虑,这一段录音可以当作念诵佛经的背景,可以作一小段竹笛独奏的背景。做电影的话,可以考虑一人拎刀找仇人雪恨,他在鹅卵石路上疾走。人乱发、刀雪亮,铁皮屋顶的雨声表达他复仇的心情有多么急切,七上八下,心律不齐。

雨还在下,天暗下来,绿棚顶变黑。铁皮屋顶上的小雨妖们在继续跳舞。我忽然想听到雹子打到屋顶上是什么音效?飞沙走石,多好。可惜没听过。有一回天下雹子,我在外面,没听到雹子落在铁皮屋顶上的轰鸣,雹子白下了。

阳光金币

太阳雨的景象委实珍贵。在灿烂的阳光下，雨挥霍地下着，像有人站在楼顶洒下大把的金币。

放学的孩子赶紧跑回家，取伞，在这美妙的亮雨里扭着小屁股走。

我想起一句唱词："赌场里下起金币的雨。"——出自田中角荣传记，他在聚餐会上因为唱这句日本戏文受到攻击。此书是我小时候看的，竟还记得。

雨唤醒了记忆。

屋里放着 Eagles 的"加州旅馆"，吉他在劲手之下弹得落花流水，为雨伴奏。法国的让·艾飞尔画过许多关于雨的漫画，所谓雨就是上帝在天上拧床单的水，上帝为梦中的小天使把尿。太阳雨大约属于后者，因为它很快就停止了。即使是天使，也没有过多的尿。而上帝为天使把尿的时候，竟忘记了拽云彩过来遮住太阳。

夜雨光区

　　雷声响时，像空铁罐车轧过鹅卵石的街道，这是春雷。响过，引发远处的雷，呼应、交织，像骨牌倒下。乡村的夜，只有狗叫才引发其他的吠声。雨水应声而下，仿佛晚一点就让雷声成为谎言。声音唰唰传来，街道挤满雨水行进的队伍，

　　现在是夜里两点，雨把街道全占了，没有人行。而窗外有唧唧咕咕的声音。我开窗，见屋檐下的变压器下面站着一男一女。男的用力解释一件事，做手势，声音被雨冲走。女的在雨中昂立，也可叫昂立一号，额发湿成绺，高傲倾听。男的讲完一通，女的回答，一个字：

　　"你！"

　　男的痛心地解释，做手势。隔一会儿，女的说：

　　"你！"

　　这个字响亮，雨拿它没办法，被我听到。这是什么样的语境呢？男人说："我……"回答："你！"他翻过头再说，返工。比如：

　　男："我对你咋样？你想想。哪点对你不好？难道我是一个骗子？"（手势）

女:"你!"

水银路灯凄凉地罩着他们,光区挂满鲍翅般的细丝。男的上衣湿透,像皮夹克一样反光,眯眼盯着女的不停言说。女的无视于雨,颈长,体型小而丰满,无表情。我想起艾略特《四个四重奏》,最后一首《小吉丁》写道:

> "又是谁发明了这么一种磨难,
> 爱情。
> 爱呀,是不清不楚的神灵,
> 藏在那件让人无法忍受的
> 火焰之衣的后面。"

此时,人都睡了。今天夜里,只有他们是春雨的主人。

雨，晚上好

从蒙古高原回到沈阳，仰视楼房，人感觉行走在峡谷里，一条灯红酒绿的峡谷。灯与灯群弥漫遥远，人如隐身海底，坐观天上星星游行。在街上走，迎面于所有的灯的闪烁。夜之都市是一处由灯装饰的财富盆地，而楼房不过是一座座华表而已。

雨至，雨随天光消退而密集，在街灯全亮之后整体降临。这场雨气质沉静，在街灯的灯盏下不留身影，甚至看不到"丝"。路面一片片反光，巴掌大的水洼光影摇晃。

今天是正月初十，头一回遭逢正月的雨水，正式的、不疾不徐的春雨刷新了过年者的记忆。有人对"正"字误读，实为误解。正黄旗读"整"，旗帜完全满幅之态。正月读"郑"，不偏不倚，正阳之月。如同西历一月为首月，即元月。而"争月"，是京津一带的土音。

雨下正月，点滴都不偏斜，满地的草木比过节的人都高兴。人常说什么事多少年一遇，斯雨五十年一遇，一九五六年沈阳的正月曾来过一回。

雨中没人放鞭炮。好雨早来，比商号开张值得庆贺。雨把富人区穷人区、楼房街道冲刷一遍，耐心之至。而万木仰面于雨,连喝带洗,回忆起春天的味道。雨落土里,八方争夺,泥泞是土跟土打了起来,谁都不松手,为野草挣一份口粮。

夜里看雨,如同白昼观风,无迹可寻。敞开窗,听一听雨的话语。雨本无言,遇到枯叶和铁皮屋顶才有问候商量。春雨是数不清的投胎者直奔大地而来,甫出三月,转骨化为初蕾青苗,经历天上人间。

次日晴好,天地一新。报纸上股评说:"大盘在十多分钟的横盘后,再次跳水,成交量明显放大。不到二十分钟,纳斯达克指数跌落五十多点,至此,全天下跌已经超过一百点。"

超过一百点会怎样?雨不知其然,我也不知。青草在辽大主楼地角长出一线,叶子蓬张,像哄抢从天下扔下的好东西,也就是阳光吧。

雨从窗台进屋，找水喝

　　那些想进屋的雨趴在玻璃上。它们像小鸟一样飞过来，以为玻璃是透明的空间。雨水像沙子那样从玻璃上滑下来。透过雨水的玻璃向外看，景物是模糊的，像一幅油画还没画完，用笔粗犷。

　　雨中的房子如同一艘密封的船，屋顶得到比地面更多的雨水击打出来的白花。白花旋开旋灭，每滴水都想踩在前一滴雨的脚印上。

　　从模糊的布满雨的足迹的玻璃往外看，窗前的花朵像在奔跑——它们一晃而过，留下动态的映像。这些两尺多高的秋秸花开着茶碗大的粉花和红花。它们的花容淋漓不清，如同开着摩托车低头在雨里疾驰。透过雨的玻璃看花如看印象派绘画，不知塞尚看没看过。我看白瞎了，他看才有用。雨中，让一个红胡子截窄檐礼帽的人站窗外，塞尚隔着玻璃为他画肖像，画出来全是印象派。色彩像从画布淌下来，脸被冲刷过。如梵·高那样的荷兰式的眼睛如两只纽扣一样无神。从玻璃看出去，远山的山峰边缘被修改成锯齿式，其实这样也不错。云层越来越低，下面的云层明显被压得垮下来，好像再压就会有什么东西漏下来。

什么东西会漏下来？云里除了大堆的、被分成小滴下落的水之外还有什么？

雨滴从玻璃上滑下来软着陆。它们从木头窗户的缝隙钻进来，积在刷着绿油漆的窗台上。进屋的雨水很羞涩，不像它在天空那么奔放。它们知道这是别人的房子，产权七十年。雨水静悄悄地爬，它要打量屋里有什么。实际上没啥。红砖铺地，有两张钢管焊的床。一张睡人（我），另一张放我的跑步装备。墙上贴一幅伟大的财神爷的画像。他坐在元宝堆上，玉面红唇，岁数……中国年画上的神看不出岁数，光滑无褶的脸似乎超不过三十岁（人家三十岁就当神了，大学生三十岁还没找到工作呢），但脸上蓄有八十岁老者才有的漆黑的五绺长髯。神，八十岁或八百岁都有三十岁的面庞，这是修行的结果。凡间的人由于缺钱，三十岁就像四十岁了。财神爷怀里抱着玉如意，微笑远瞻，对堆他脚下的金元宝甚至不看一眼。这是乡税务局厨师张贴的画，我正住在他的屋子里。但雨水分不清税务所和工商所（在隔壁），它们静悄悄地从窗户缝进屋，在窗台集合成一小片水。财神爷的丰仪把它们震慑得手脚没地方放，雨哪见过这么好看的神灵。管钱的，明白不？况且，屋里还有一个学生上课的桌子，有两个桌洞，里边放着我的炸蚕豆和赛弗尔特的《世界美如斯》，桌上有西红柿和柿子椒。雨，是这些东西让你们不敢下来吗？雨水聚成团、摊开，顺窗台沿流下来。流过白灰的墙，流到墙根那只猫饮水的蓝碗边上。猫是厨师养的，黄的像南瓜，像毛线团一样趴在椅子上睡觉。我每天给它换水。

　　雨进屋是为了喝水。雨奔波，雨在风里凌乱，雨不知跑了多远的地方才来到这里。像人一样，雨在长途跋涉之后第一个需求是喝水。它们渴了。有人不解，说雨还喝水吗？雨怎么不喝水呢？喝不到水的雨最后都干渴死掉了，死后在地上留一小片痕迹。有人以为雨如果喝水就在雨里喝，这怎么能行？这不成人吃人了吗？哪滴雨也不愿被其他的雨吃掉。它们自由地飞翔、奔跑。雨滴虽然小，小到常常有人比喻"像雨滴一样小"，但它是世上唯一的雨滴。它落在河里、落在花朵上、落在一坨牛粪上，都是宿命。雨最爱自由，爱自由就要忍受一切境遇。

　　窗外的雨说晴就晴了，牧区的雨下不到做一顿饭的时光。税务所院子里的彩钢瓦比下雨前更加鲜红，好像重新刷了油漆。天蓝得也好像刷了油漆，是给瓦刷漆的同一个人刷的漆。天上的漆蔚蓝如洗，简直像天空一样蓝，白云——刚才不知在哪里藏着——慢悠悠飘过来，飘到彩钢瓦上方不动了，等人夸它们是一座山峰。喜鹊成群飞过来。第一只落在彩钢瓦的最南沿，后面的喜鹊挨着落下，几乎排成了一排（第五、第六只喜鹊之间有空隙），它们在等待什么？它们灵活的脖子扭来扭去，像等着看戏。院子里空无一物，商贩们每月三十日来办税。此刻，院子只有我和猫，有两畦子花，秋秸花开得最高，一串红第二高，老鸹花贴着地面开点小黄花。秋秸花的大粉花刚从雨里苏醒过来，粉脸略显苍白。电线上落下一串麻雀，电线被它们蹬得颤颤悠悠。麻雀与西面的喜鹊对视，但数量没有喜鹊多，它们好像有事来此谈判。

进到屋里的雨水聚在碗边，地面有篮球那么大的地方湿了。天晴之后，雨想回也回不去了，留在了屋里。

雨的灵巧的手

雨是世间的伙计，它们忙，它们比钟点工还忙，降落地面就忙着擦洗东西。雨有洁癖，它们看"这个名字叫地球的小星星"（阿赫玛托娃）太脏了，到处是尘土。雨在阴沉天气里挽起袖子擦一切东西。裂痕斑驳的榆树里藏着尘土，雨用灵巧的小手擦榆树的老皮，擦每一片树叶，包括树叶的锯齿，让榆树像被榆树的妈刚生出来那么新鲜。不光一棵榆树，雨擦洗了所有的榆树。假如地球上长满了榆树，雨就累坏了，要下十二个月的雨才能把所有的榆树洗成婴儿。

雨把马车擦干净，让马车上驾辕的两根圆木显出花纹，轼板像刚刚安上去的。雨耐心，把车轱辘的大螺丝擦出纹路。马车虽然不像马车它妈新生出来的，但拉新嫁娘去婆家没问题。

雨擦亮了泥土间的小石子。看，小石子也有花纹，青色的、像鸽子蛋似的小石子竟然有褐色的云纹。大自然无一样东西不美。它降生之初都美，后被尘埃湮没，雨把它们的美交还给它们。雨在擦拭花朵的时候，手格外轻。尽管如此，花朵脸上还是留下委屈的泪。花朵太娇嫩了，况且雨的手有点凉。

　　雨水跑步来到世间，它们怕太阳出来之前还有什么东西没擦干净。阳光如一位检察官，会显露一切污垢。雨去过的地方，为什么还有污垢呢？比如说，雨没把絮鸟窝的细树枝擦干净，鸟还能在这里下蛋吗？——雨的多动症越发强烈，它们下了一遍又一遍。雨后，没有哪一块泥土是干的，它们下了又下，察看前一拨儿雨走过的每一行脚印。当泥土吐出湿润的呼吸时，雨说这回下透了。

　　雨不偏私，土地上每一种生灵都需要水分和清洁。谁也不知道在哪里长着一株草，它可能长在沟渠里，长在屋脊上，长在没人经过的废井里。雨走遍大地，找到每株草、每个石子和沙粒，让它们沐浴并灌溉它们。石子虽然长不出绿叶子，但也需灌溉一下，没准能长出两片绿叶，这样的石子分外好看。

　　雨有多么灵巧的小手，它们擦干净路灯，把柳条编的簸箕洗得如一个工艺品；井台的青石像一块块皮冻；老柳树被雨洗黑了，像黑檀木那么黑，一抱粗的树干抽出嫩绿的细枝。

　　小鸟对雨水沉默着。虽然鸟的羽毛防水，但它们不愿在雨里飞翔，身子太沉。鸟看到雨水珠从这片叶子上翻身滚到另一片叶子上，觉得很好笑。这么多树叶，你滚得过来吗？就在鸟儿打个盹的时候，树叶都被洗干净了，络纹清晰。

　　雨可能惹祸了，它把落叶松落下的松针洗成了褐色，远看不知道这是什么东西。翠绿的松针不让雨洗，它们把雨水导到指尖，变成摇摇欲坠的雨滴。嫌雨多事的还有蜘蛛，它的网上挂满了雨的钻石，但没法果腹。蛛网用不着清扫，蜘蛛认为雨水没文化。

砖房的红砖像刚出炉一样新鲜，砖的孔眼里吸满了水。这间房子如果过一下秤，肯定比原来沉了。牛栏新鲜，被洗过的牛粪露出没消化的草叶子。雨不懂，牛粪也不用擦洗。

雨所做的最可爱的事情是清洗小河，雨降下的水珠还没来得及扩展就被河水冲走了。雨看到雨后的小河不清澈，执意去洗一洗河水，但河水像怕胳肢一样不让雨洗它的身体。河水按住雨的小手，把这些手按到水里，雨伸过来更多的手。灰白的空气里，雨伸过来密密麻麻的小手。

雨滴耐心地穿过深秋

　　雨滴耐心地穿过深秋。

　　雨滴从红瓦的阶梯慢慢滴下来，落在美人蕉的叶子上，流入开累了的花心里，汇成一眼泉。

　　雨滴跳在石板上，分身无数，为寂静留下一声"啪"。

　　雨滴比时钟更有耐心，尽管没发条，走步的声音比钟表的针更温柔，在屋檐下、窗台上，在被雨水冲激出水洞的青砖上留下水音的脚步声。时间在雨滴里没有表针，只有嘀嗒。清脆的声音之间，时间被雨滴融化了一小节。被融化的时间永远不能复原，就像雨滴不能转过身回到天空。

　　秋天盛满繁华之后的空旷，秋天被收走的不光是庄稼和草，山瘦了，大地减肥，空中的大雁日渐稀少。

　　说秋月丰收，这仅仅是人的丰收，大地空旷了，像送行人散尽的车站月台。

　　让秋天显出空旷还由于天际辽远，飞鸟就算成万只飞过也不会拥挤。云彩在秋天明显减少，比庄稼少得还快，仿佛说，云和草木稼穑配套而来，一朵云看守一处山坡。庄稼进场，青草转黄，云也歇息去了。你看秋空飘着些小片的云,像鱼的肋条,它们是云国的儿童。

浓云的队伍开到海的天边对峙波涛,波涛如山危立,是一座座青玉的悬崖,顷刻倒塌,复现峥嵘。

雨滴是天空最小的信使,它的信是昼夜不息的滴水之音。在人听到雨滴的单调时,其实每一声都不一样。雨滴的重量不一样,风的吹拂不一样,落地声音也不同。雨滴落在鸡冠花上,像落在金丝绒上哑默无声。雨滴落在电线上,穿成白项链,排队跳下地面。

秋雨清洗忙了一年的大地。大地奉献了自己的所有之后,没给自己留一棵庄稼。春雨是禾苗喝的水,夏雨是果实喝的水,秋天是大地喝的水。土壤喝得很慢,所以秋雨缠绵。人困惑秋天为何下雨,这是狭隘的想法。天不光照料人,还要照料大地与河流。古人造字,最早把天写作"一",它是广大、无法形容的一片天际;而后造出两腿迈进的"人"字。把天的意思放在"人"字肩上曰"大",而"大"之上的无限之"一",变成现在的"天"字。天在人与大之上,要管好多事。

天没仓库,不存什物或私房钱。天之所有无非是风雨雷电,是云彩,是每天都路过的客人——飞鸟。天无偏私,要风给风,要雨给雨。风转了一圈又回到空中,雨入大地江河,蒸发为云,步回天庭。这就像老百姓说的,钱啊,越花越有。像慈悲人把自己的好东西送给别人,别人回报他更好的东西。

深秋的雨,不再有青草和花的味道,也没有玉米胡子和青蛙噪鸣的气息。秋雨明净,尽管有一点冷。雨落进河流，河床丰满了一些。河流飘过枫叶的火焰，飘过大雁的身影。天空的大雁，脖子比人们看到的还要长，攥着脚蹼，翅膀拍打云彩，往南方飞去。河流在秋天忘记了波浪。

雨滴是透明的甲虫，从天空与屋檐爬向白露的、立秋的、寒露的大地，它们钻进大地的怀抱，一起过冬。

雨落在白花花的大海上

我没见过雨落在大海上什么样子。实话说，我没见过几次海。在我的印象中，海像装了半截水的天空。站在海边看，海不仅在远方，还在高处。海水把天空挤得只剩半下子，下半截被海水占领了。所谓海天一色，实为海天一半，而且海水占了一多半。

坐船入海，走很远才觉出海水是平的。虽然动荡，海面大体上平坦。海这么沉，体积如此庞大，本不想动，是风让它动。大海如果不动，比死了还难看。在海上眺望岸边，人渐小，楼房见矮，这时觉出海的辽阔，并感受到另一个词的含义——自由。如果海不辽阔，世界上就没什么辽阔可言了。海在海上并不蓝。蓝总在海的远方。在海上见到海水不同颜色的涌流，像褐黄色、浅蓝色的绸子在海面飘舞。

快艇向远方巡行，天空出现一朵黑云，好像海胆成精升上了天空。不多时，黑云下沉扩散，笼罩天空，下起了雨。大海好像不高兴天空下雨，因为海里并不缺水。海掀起波浪，似要把雨水赶跑。雨水还是降下来，落在白花花的海面上。雨水被海的搅拌机搅碎，使雨滴有去无回。但见雨水如箭一般射进海面，连一个小泡都没留下，被海水融合。

在海上，下多大的雨都成不了河。雨好像给海溜须来了，来朝觐或来上贡。海一点没客气，把这些不知哪来的雨水全部收编。从此，雨水变了身份或成分，成了海水。

假如，水（包括雨水）有一个理想，即汇入大海。雨水与其落进河里再流入海里，真不如乘坐这朵海胆似的云彩来海面上降落，一步到位。跟战争一样，空军比陆军的动作更快。

我站在快艇的甲板上让雨浇身，感觉奇特，如同下海之前的淋浴；还感觉身边是海，头顶是雨，水占领了整个世界。而这时候的人仿佛变成了水生动物，像海豹上岸歇一会儿，被雨淋了。

快艇往岸边返程，雨也停了。雨的意思是不让快艇往海的深处开了。雨停，浪花也止息了，海面出现琉璃一般的弧形的镜面，如同变形的凸透镜。海鸥飞过来，翅膀像安着两条雪白的刀鱼，它上下翻飞，翅膀连弯带挑。海鸥——这是一个多么好的名字，海边的渔民竟管它叫海猫子，一下就给叫土了。海狗子、海耗子、海蝴蝶又在哪儿呢？海鸥还是应该叫海鸥。

从平静的海上看海边的广场真是漂亮。在海水的前景下，岸边的楼越高越好看。在夜里，岸上高楼的灯火错落，会更好看。我从滨海大道走过时，绿树掩映中时不时可以见到海。在海上，见不到滨海大道的模样，被树包住了。

雨中穿越森林

　　大雨把石子路面砸得啪啪响。进森林里，这声音变成细密的沙沙声。树用每一片叶子承接雨水，水从叶子流向细枝和粗枝，顺树干淌入地面。地面晃动树根似的溪流，匆忙拐弯、汇合，藏进低洼的草丛。

　　雷声不那么响亮，树叶吸收了它的咳嗽声，闪电只露半截，另一半被树的身影遮挡。我想起一个警告，说树招引雷击，招雷的往往是孤零零的树，而不是整个森林。对森林里的树来说，雷太少了。

　　雨下得更大，森林之外的草坪仿佛罩上白雾，雨打树叶的声音却变小，大片的水从树干流下来，水在黑色的树干上闪光。

　　我站在林地，听雨水一串串落在帽子上。我索性脱下衣服，在树叶滤过的雨水里洗澡，然后洗衣服，拧干穿上。衣服很快又湿了。雨更大的时候，我在衣兜里摸到了水，知道这样，往兜里放一条小金鱼都好。

　　后来，树叶们兜不住水，树木间拉起一道白色的雨雾。我觉得树木开始走动。好多树在雨中穿行。它们低着头，打着树冠的伞。

　　小鸟此时在哪儿呢？每天早晨，我在离森林四五百米的房子里听到鸟儿们发出喧嚣的鸣唱,每只鸟都想用高音压倒其他鸟的鸣唱。它们在雨中噤声了。我想象它们在枝上缩着头,雨顺羽毛流到树枝上,细小的鸟爪变得更新鲜。鸟像我一样盼着雨结束,它不明白下雨有什么用处,像下错了地方。雨让虫子们钻回洞里。

雨一点点小了,树冠间透出光亮,雷声在更远处滚动,地面出现更多的溪流。雨停下的时候,我感觉森林里树比原来看上去多了,树皮像皮革那么厚重。它们站在水里,水渐渐发亮,映散越发清晰的天光。鸟啼在空气中滑落。过一会儿,有鸟应和,包括粗伧的嘎嘎声。鸟互相传话,说雨停了。

这时候,树的上空是清新的蓝天,天好像比下雨前薄了一些,像脱掉了几件衣服。我本来从铁桥那边跑到林中躲雨,我住的符登堡公爵修的旧王宫已经很近。我改变了主意,穿着这身湿衣服继续往熊湖的方向走,这个湖在森林的深处。

空气多么好,青蛙在水洼间纵跳,腿长得像一把折叠的剪刀。小路上,又爬满橙色的肥虫子,我在国内没见过这么肥的虫子。回头看,身后的路上也爬满了虫子,好像我领着它们去朝圣。

路上陆续出现在林中散步的德国人,他们像我一样,被雨挡在森林里。被雨淋过,他们似乎很高兴,脸上带着幸运的笑容。但他们不管路上的虫子,啪啪走过去,踩死许多虫子。他们从不看脚下,只抬着头朝前走。鸟的鸣唱声越来越大,像歌颂雨下得好或停得好。不经意间抬头,见到大约十分之一彩虹,像它的小腿。整个森林变得湿漉漉,我觉得仅仅留在树叶上的水,就有几百吨。

在雨中跑步

在雨中跑步的困难不是雨。雨量大小不过是水量大小,就当跑步时有人在你身后举一个淋浴喷头,水量或急或缓,水流的方向忽东忽西。在雨里跑步的困难是敌不过避雨人的一双双眼睛。

街上避雨的人,躲在树底檐下,衣装干爽,沉默地看我跑步。跑步可以谅解,在雨中跑步就不容易被谅解。我推想自己不被谅解的理由,边跑边想——头发湿成一绺,像破抹布一样趴在脑门;眼角眯着,因为进水,要不断擦去脸上的水珠。而衣服贴在身上,鞋里面也进了水,呱呱响。这个人在干什么?哼!跑步。

水,仅仅身上挂满了水,在街上奔跑就受到蔑视。仿佛我是欠别人钱被罚在雨里跑步的人,是趁天气不好从精神病院逃出来的人,是想作秀上不了电视的人。

在雨中跑,跑相有点狼狈。但我觉得豪迈,可惜别人没看出来。白箭似的雨水急急钻地,两三米之外看不清东西,像一块块裂了纹的玻璃。雷声此起彼伏,在天边搞心电图。我大步奔跑,脚下激起水花。我想,这就是为争夺八三四高地而奔袭的攻打太原尖刀营战士的雄姿。

而路人的目光在说：跑吧，傻子，跑到太原去吧。我每天搞冷水浴，最难忘的一次在松潘，那里的水把每一根神经都冰得抱怨不已。五大连池的冷泉也非常凉，骨头冻得好像变成了钢管。而平常的冷水澡没什么诗意，远不如大雨。雨水有一点温暖，因为雨前的天气总是很热。雨水流到嘴里没什么异味，当然不要把雨水咽进去，里面有多种污染元素，喝下去没准身上会结红锈与蓝斑。

雨天跑步比较讨厌的是睁不开眼睛，应该戴上游泳镜。是的，下回跑一定戴上。虽然戴游泳镜跑步更加像怪物。第二讨厌出租车。一见有积水，出租车假装是一艘火轮船，加大马力开过，轮下溅起一人多高的水墙，湿你全身。然而我浑身湿透，已经不在意这个了，出租车司机能缺德就缺一下德的品性在人民群众面前又暴露了一下。

在雨中跑步很舒服。如同说一个人搞冷水浴时跑了五公里，一举两得，德艺双馨（究竟什么叫德艺双馨我也不清楚，好像跟古代人有关。我认识的好几个人都获得了这项政府奖励），速度可快可慢。想，雨水带着我的体温汇入大街的积水中，流进地沟。那些撑伞的、穿雨披的人在逃离这场雨。而跑步的人在享受着雨，多么愉快。而雨不服，拼命下，恼怒于我的悠闲。没啥，雨再大就改游泳，岂不更好。

在雨中，我穿梭于人们的白眼之中，但也遇到了崇拜者，即孩子。他们瞪大眼睛看我，如视英雄。那么，我就把这次跑步看作是送给孩子们的倾情表演。

云的小村庄

黎明的云朵

天刚亮的时候，天空是青白色的，颜色像玉石一样。树和草半隐半藏在阴影里。这时候太阳还没有出来，太阳不能一下子从黑夜里跳出来，那像是原子弹爆炸，吓人。太阳要在天亮之后缓缓上升。如果这个地方的东方有山，它就从山后边升起。如果有海，太阳从海平面升起。如果一个地方没山也没海，比如华北平原、松辽平原、成都平原，那就从平原的地平线上升起吧。太阳无私，在哪儿都照样升起。然而实话说。太阳愿意从东山后面，特别是有百丈危崖和苍松碧柏的高山后面出升，显出它光芒万丈。

我住在平原，太阳从平原的、住宅小区的楼房东面升起。在天亮了好大一会儿之后，东边的天空出现一条条红云，像红纱巾在地平线飘荡。你会问，云彩不是白云吗？怎么会有红云？日出之前，东方的白云被太阳的光线染红，变成了红云。刚开始的时候，云彩的红里面有一些蓝，有一点暗，桃红色。接着，云彩变成了绯红，绯红的云朵看上去很激动，很热烈。这一点也不奇怪，这些红云是太阳的锣鼓队，为太阳出升鸣锣开道，它们是太阳的先头部队。说红云是锣鼓队是一个比喻，它们手里没有锣鼓,只有万千红绸,在东方的地平线飞舞。

在这么美妙的欢迎下,太阳庄严地升起来了。人们说的红日实际是金色的太阳,它放出的光把天空染得通红,像炼钢炉一样。这时候,刚才说的红云变成了金色,匍匐在太阳的脚下。太阳继续上升,它的脚下堆积着红色的、金色的、粉色的云海,好像是太阳种下的花田。

云　彩

　　小时候，最羡慕云，认为它去过很多地方，饱览河山景色。那时候，以为只有空军才能坐飞机，一般人坐坐拖拉机已经很好。

　　我看到云彩每每和山峰对峙，完全是有意的，想起毛主席的词"欲与天公试比高"。而云彩常常在远处，也是我小时候奇怪的一件事。问大人：咱们咋没有云彩呀？大人支支吾吾，完全不关心这件事。我读过分省地图册之后，以为云彩也是中央分配的，一个地方多少有定额。显见，我儿时即有计划经济即体制内的思维特征。我所看到的云彩，其实是外地的。于是改为羡慕外地人，他们抬头就看到了大朵的云彩，多么享受。

　　后来，去黄山，见白云从脚下的山谷缠绵而过，真想往下跳。他们那儿的云彩实在比我老家多多了。当一拨儿云雾席卷而过之后，再看山峰，神色苍老坚硬。而云，连一片叶子也没有带走，无语空灵。

　　幼时，我相信云分为不同的家族。它们不断在迁移，赶着车，带着孩子和牲畜——自然去了一个很好的地方。云彩怎样看待地上的人群呢？人可能太小了，它们看不见。后来，我曾站在房顶上对着云彩挥舞一面红旗，并相信它受到了感动。

我爱唱一支歌："蓝蓝的天上白云飘。"其实只喜欢这一句，后面的词属不得已。对着天唱歌尤其有意义，只是仰着颈唱歌，气有点不够用，老想咽唾沫。我曾对着云彩把此歌唱过好多遍，像献礼一样。

云的小村庄

头一回看到的哈萨克草原，是塔城的铁克力提。那里的丘陵草原跟内蒙古的牧区差不多。大块的云彩飘过，人们看到云的影子在绿草上飞跑，如黑色的马群。像内蒙古一样，这里的草原上会远远地出现一棵树，枝叶繁盛但不高大，它好像走不出草的包围，正在犹豫，在回忆一件事。这样的小树在早晨拉出长长的影子，好像一位矮个子君王从长长的地毯走来，地毯就是它的影子。

铁克力提草原到处是草的芳香。这是草，野花和被熊蜂扑散的花粉集体发出的香气。香气在鼻腔和喉咙涂了一层凉丝丝的空气的蜜，让人们想唱歌。我想起的第一首歌是——

"流浪的人啊越过天山，走过了伊犁，你可曾看见过阿瓦尔古丽，我要寻找的人啊就是啊你，哎呀美丽的阿瓦尔古丽。"

走过新疆才知道，天山有多么雄浑辽阔，人和动物在它面前就像蠕动的蚂蚁或比蚂蚁更小的微生物。而唱歌的人越过庞大的天山，仅仅为了寻找娇小的阿瓦尔古丽吗？

办这么一件大事只为了两人相爱这么一件小事。在维吾尔、哈萨克人看来，翻越天山是小事，爱情才是大事而且是永恒的大事。这份感情不是人和天山比较出来的，而是旋律里唱出来的。只有越过天山的人才有这样广阔的忧伤。

草原上的小树在天边，从山坡背后站立。距离远得让它们彼此看不到，人们坐在车上可以看到。风向变了，云彩的影子往西边的草原移动，而那边有热烈的金莲花，它如油菜花一样鲜艳，但不是花田。它们按自己的意愿组合，变成小片或大片，比油菜花更野性。云彩的黑影遮住它们，金莲花似乎变白了，而绿草像被野火烧过一样黑。云影移过草地，看上去阴影没动，是金莲花和绿草从黑土里跳出来或逃出来亮出色彩。金莲花的花朵拉着前面那朵花的黄裙子嬉笑着躲避云的阴影。

一只鹰飞过去，让我感到这里是新疆的草原。我看到鹰是先看到它在草原上飞逝的黑影，如一只黑兔掠过。抬头看，一只鹰从头顶划过，它双翅宽阔，比身体宽几倍，翅尖向上挑起，如佛教徒用中指做的手印。我没见过鹰扇动翅膀，它一直在滑翔。空气对鹰来说是起伏的冰原，它从巅峰滑下来，只需滑下去就够了。鹰把人的视线引向天边，山川轮廓柔美，合抱着耀眼的蓝天。白云像洪水一样从山隘泻出。在新疆，白云包围了所有的山脚，如蒸汽火车的雾气围绕车轮那样。山显出高大，但近看并不高，只是山和云的关系好，隔一会儿拥抱一下。

世上有多少朵云？这问题真不好回答。一天之中，从铁克力提草原天空飘过多少朵云？谁也答不上来这个提问，上帝也忘了今天早晨往天空撒了多少朵云。大云被风撕成小云，有的云被山顶的松树挂住了胳膊，有的云在山坳里睡着了。早上出门的云在晚上回家时，它们的数量、形状、长相都不一样了。我喜欢云层里的灰云。灰云仿佛让天的蓝色含一点绿色，更湿润。草原在灰云下面显出深绿，好像里面汪着水。

云彩什么时候可以变成有用一些的东西呢？像棉花一样堆在地上，人钻进去散步或谈恋爱。冬天，把云加工成热云，在夏天加工成凉云。在云里安床，放桌椅板凳，拿鼓风机吹出一条道。云的地板是白色的橡皮泥，踩上去有弹性和香味。如果云足够大，人们在地面的云里建一座小村庄，建造刷红漆和绿漆的木头房子。在那样的屋子里，人们不看电视只吃棉花糖。

云是一棵树

我见过喀纳斯的云在山谷里站着,细长洁白,好像一棵树。我过去看到的云都横着飘,没见到它们站立不动,这回见到了。

旅游者很难形容喀纳斯的景色。喀纳斯不光有一个湖,它还有神秘的、用蒙古名字命名的黑黑的山峰,有碧玉般的喀纳斯河,有秀美的白桦树和松树。我喜欢把白桦树和松树放在一起说。在喀纳斯,白桦树和松树常常会长在一起。白桦树像水仙花那样一起长出几株来,树身比白杨树更白,带着醒目的黑斑节。松树比白桦树个头矮但更壮实,一副男人的体魄。松树尖尖的树顶表示它们在古代就有英雄的门第。它们长在一起,让人想到爱情,好像白桦树更爱松树一些,它嫩黄的小叶子在风里哗哗抖动,像摇一个西班牙铃鼓,看上去让人晕眩。喀纳斯松树的树干,色泽近于红,是小伙子胳膊被烈日晒红了那种红,而不是酱牛肉的红。松树如果有眼睛的话——这只是我的想象——该是多么明亮,深沉与毫不苟且的眼睛,一眼看出十里远。

喀纳斯的云比我更了解这一切。它每天见到黄绒的大尾羊从木板房边上跑过去，看到明晃晃的油菜花的背后是明晃晃的雪山，雪山背后的天空蓝得让人睁不开眼睛，眼睛成了两只紧闭的蚌壳。云的职责是在山间横行，使雪山不那么晃眼。它在白桦树和松树间逛荡，好像拉上一道浴室的门帘。云从山顶一个跟头栽到地面却毫发无损，然后站在山谷。我在喀纳斯看见山崖突然冒出一朵云，好像云"砰"地一下爆炸了，但我没听到声音。我看到白云蹲在灰云前面，像照合影时请女士蹲下一样。白云在灰云的衬托下如蚕丝一般缠绵，我明白我在新疆为什么没见到白羊却见到了黄羊，因为云太白，羊群不愿意再白了。

　　喀纳斯的云可以扮演羊群和棉花糖，可以扮演山谷里的白树。喀纳斯河急急忙忙地流入布尔津河与额尔齐斯河，云在山的脚下奔流。它们尽量做出浪花的样子，虽然不像，但意思到了，可以了。云不明白，它不像一条河的原因并不是造不出浪花，而是缺少"哗哗"的水声，也缺少鱼。这些话用不着喀纳斯的云听到，它觉得自己像一条河就让它这么去想吧。

　　我写这篇短文是更愿意写下布尔津、额尔齐斯、喀纳斯这些蒙古语的地名，听起来多么亲切。这些名字还有伊犁、奎屯、乌鲁木齐以及青海的德令哈，它们都是蒙古语。听上去好像马蹄从河边的青草踏过，奶茶淹没了木碗的花纹。蒙古语好像云彩飘在天山的牧场上，代表着大大小小的河流和山脉，更为尊贵的名字是博格达峰，群山之宗。蒙古语适合歌唱、适合恋爱、适合为干净的河山命名。这些地名用维吾尔语、哈萨克语、塔塔尔语说出来好像是一个动人的故事的开头。它们是云，飘在巴旦木花瓣和沙枣花的香气里。

喀纳斯的云飘到河边喝水。喝完水，它们躺在草地上等待太阳出来，变成了我们所说的轻纱般的白雾。在秋天的早上，云朵在树林里奔跑，树枝留下了云的香气。夏季夜晚，白云的衣服过于耀眼，它们纷纷披上了黑斗篷。

喀纳斯的云得到了松树和白桦树的灵气，它们变成了云精，在山坡上站立、卧倒、打滚和睡觉。去过喀纳斯的人会看到，云朵不仅在天上，还在地下。人们走过青冈树林，见到远处横一条雾气荡漾的河流，走近才发现它们是云。喀纳斯的云朵摸过沙枣花，摸过巴旦木杏和核桃，它们身上带着香气并把香气留在了河谷里。早上，河谷吹来似花似果的香味，那正是云的味，可以长时间地留在你的脖子和衣服上。

喀纳斯的云会唱歌。这听起来奇怪一点不怪。早上和晚上，天边会传来"咝——"或者"哦——"的声音，如合唱的和声。学过音乐的人会发现这些声音来自山谷和树梢的云。它们边游荡、边歌唱。在喀纳斯，万物不会唱歌将受到大自然的嘲笑。

乌　云

大朵的白云何时换上了檀香木的黑衣？

乌云轮廓鲜明，比白云沉重，从天空降落到大地。雨水让乌云沉积在天空最低一层。

谁见过云彩装满了雨水飞行？这是乌云。

乌云动作快，它们在天空排兵布阵，争夺山头。乌云把一切扯平之后，渐渐稀薄。云的峰峦消失了，滚动的云轮停驻，雨水滂沱而下。

乌云仿佛是最委屈的人。雨前，乌云的翻滚让时间停滞，地上弥散腥味，院里的鸡、树上的鸟和草里的虫子集体焦虑。被乌云遮住阳光的大地笼罩黄而灰的色调，柳枝一动不动，空气不再流通，乌云的烦恼到达了顶点。时间、空气、母鸡和虫都要借助雷电的力量而获解脱，咔——，雷炸响，雨水终于挣脱乌云的怀抱，飞向大地，哗、哗、哗，地界立马清凉。

最热的时候，雨水落在人脸上如温汤，雨藏在乌云里更热。乌云是雨的产房，产房里铅灰的洪炉，把雨炼成滴、熬成串、编成丝藏在云层。不这样，雨水如像湖水一样掉下来，就很不像样子。

不是每一朵云都能变成乌云。乌云是云里的矿工，是云里的马帮和船队，它们穿着海带色的雨衣在天的江岸旅行，把暴雨和冰雹送到闪电的点火处。

闪电是雷的导火索，是下雨降雹的发令官。乌云禁受不起雷电的暴喝，一哆嗦，兜在襟上的雨全都洒在了地上。雷并不知大地何处干旱何处缺水，乌云更不知道。它们只是把雨水运到自己驮不动的地方，随意卸车。

白云悠闲，它身穿里外三新的白绸衫，绸衫上下没接头，在清风里徜徉。白云轻，禁不起风吹，一吹就飘。它们越飘越高、越飘越远，在天空聚成岛，划分云屿和云礁，让天空有一些家当。

白云被乌云的阵列吓跑。白云有洁癖，一朵比另一朵更白，它们拖着用不完的被褥，在阳光下晾晒。白云只记得"富贵"二字，只爱穿戴只爱飘。

乌云不是穿黑衣的白云，乌云是在天海里沉没的轮船，它拼命往上浮，但一点点向下沉，甚至触到大地的山峰。乌云装载着雨水，没等运到既定的港口，船已经漏了。乌云的黑檀木船板被闪电击穿，雨水集体弃船。

草原上，乌云飘过来，让大地变窄。草原辽阔，是八份天空两份大地的立体图景在人视野里的映像，天的高远衬出大地的宽长。乌云低垂，包住博格达山顶的巨石，大地窄成一条，像一张兽皮铺像远方。乌云下坠，雨后坠。哗哗哗哗，不知雨和什么东西撞击而喧哗。雨滴在空中砸在另外的雨滴上，出声响。雨在草地一瞬成河，招来更多的雨声。草原的雨幕比玻璃还乌涂，看不清十米以外的景物。拴马的桩子露出半面的白茬，干牛粪在暴雨中蓬松、漂走，积水变成绿褐色。就在暴雨狂倾的时候，往远看，山峰已显出翠色，背后是浅浅的蓝天。雨不知何时停歇，不知为什么停歇，也不知哪一部分雨先停。嘈杂的雨声稀疏之后，雨滴说没就没了。大地睁开眼睛，屋檐假装在下雨，越下越少。

不降水的乌云痛苦，翻滚却不降雨，像辗转产床的孕妇生不出孩子。肚子里没孩子，只有肠梗阻。乌云为下雨而高兴，那么不安、那样翻滚，终于洒雨成兵。最奇妙的是雨把乌云下没了，乌云在雨水里变浅变薄变白，没了。天空竟无一丝云。原来，雨是乌云的脚，它已经走在大地上，钻进泥土里仰面休息。生完蛋的母鸡还在，雨水降落，乌云却没了，正所谓"空不异色、色不异空"。不下雨的乌云已被天空阉割。

云中的秘密

云彩是谁的衣裳,脱到岸边被风吹走这么远?
云的衣裳像洗衣机冒出的泡,堆在山的头顶。
云不散,虽然最后散了,但在天上依存了最多的时间。从飞机上看下面的云,很薄,飞机不忍心去撞这块被单似的云。从天上看,云彩不是团,它的缝隙露出大地的黑色。云所以没被风吹破,是后面的云手抱住前云的脚,说它们搭一个梯子也行,平行的梯。云毫无目标地漂泊,听从风的摆布,身板越来越薄。飞不了多久,云的全身都变成了肋条——天上常有梯田形、洗衣板形、台阶形的云,那是云的肋部,脑袋和手都累没了。

云是衣衫,虽然不知道这是谁的衣衫。姑且算是星座的衣衫,洗澡脱在岸边,被漫出河岸的水冲跑了。不要说天上没有河,我过去也这么想。自从二〇一六年六月二十二日北京下了大暴雨之后,我觉得一切地方都可能突然出现一条河,从地铁站口涌进站里,从高架桥悬下瀑布。谁知道,北京的"天"上,竟会有这么多的水,几百上千吨。水开始并不遵从重力定律,在云的一个什么地方待命。后来出发,按重力定律一倾而泻,没让牛顿惊讶,但北京人民都惊讶。远望北京机场如洞庭湖一样波光潋滟，这时，水面实应划出一只又一只小船，赤卫队长韩英（机场旅客中找到这样的人不难）站船头唱：洪——湖唔唔水呀啊啊，浪呀么浪打浪啊呵。机场如果不是泡着一架架呆鸟似的大飞机，这里多么像红区，像鄂豫皖边区老革命根据地。旅客们在候机楼合唱——太阳一区（读区，不要读出）闪呀么闪金光呀啊。（男合）清早噢——，（女合）船安儿——，（众合）去呀么去撒网，晚上昂昂船儿鱼满舱，昂昂昂……昂……多好！跑道修得平，水上波纹细腻，如宋代古画的水波纹。

天有天的庄稼，云是天的大豆高粱。天有天的河川，云是河川。地上的人仰面看云，想到云像棉花堆、像羊群、像城堡。在天人的眼里，云有五色，分成红黄绿青蓝。此中奥秘，不足与人类视网膜道也，各有各的乐趣。从一堆乱糟糟的云里，天人看到小麦青青，看到云里的森林苍郁高古。云的河水有轻柔也有泛滥，鱼虾乱蹦。天上的矿是铅灰低重的云层，矿工是天堂疲惫的飞鸟。你以为小鸟飞来飞去在天上玩吗？不能这么说，它们是天上的劳动人民。

鸟儿在天的春天叼来种子播种，看护小苗生长，长成穗，灌浆，成熟。秋天的黄昏，老鸹从天际低飞，它们背负粮食，只不过人眼看不清天上粮食的模样。人眼睛分不清的东西太多了，分不清光线里的红外线和紫外线，而昆虫一眼就看得清清楚楚。红外线红，紫外线紫，如此而已，人类怎么了？

在天边，大雁驮着成捆的麦子，运到南方。燕子驮着小把的油菜，运到另一个地方。云的河流开埠，大船装满了粮食、丝绸和矿石，运到云的第一和第二世界做买卖。云上的矿可提炼水晶，提炼翡翠。玉在天上是最平凡的东西，像鹅卵石一样。地上有什么天上就有什么，五谷稼穑，堆在天堂。

你去问开飞机的飞行员在天上有过多少奇遇？烫金的云彩凭空奔忙，紫色的云彩搭一个玫瑰色的拱门。云彩有云的手语，它与其他的云对话，谈风向、风速和爱情。飞行员都是守口如瓶的人，他们为了自身安全决不透露天上的事情，不说出他们看到了碧绿的雨滴、云里的动物大战——它们的名字全带"豸"字边，但念不出读音。飞行员独处时会陷入冥想，会欲言又止，他们又想起天上的奇遇。没人对飞行员严刑拷打，逼他们说出天上的事情。

青海的云

青海的草原像一块被雨水淋湿的毡子，太阳升起后，开满鲜花。白色的道路和毡房兜在上面，像刚刚打开的一幅地图。小鸟儿翻飞，挑选地面上哪一朵花开得更好。河流四肢袒露，是大地脱去衣衫露出的银白色肌肤。

大地洗浴时，身体在阳光下闪光，它波浪的肋骨里藏着鱼的秘密，沙蓬和旱柳走到岸边看石子底下的金屑。

我开车去扎陵湖，路边草滩站着两个小女孩，手里拿野花。她们用腼腆节制笑得热烈，原来是鲜艳的衣裤被太阳晒褪色了，而腮边如胭脂那么红。这里没有人烟，两个孩子像从地里冒出来的。这里的土地生长异乎寻常的生物，包括胭脂红的孩子。她们如同欢迎我，虽然不知我之到来。看到这样的孩子，为之情怯，仿佛配不上她们的清澈。

所谓"远方的客人请你留下来"，这句歌词在青海极为写真。大城市的人不会对外来者生出这样的邀约。纯朴的牧民，特别是孩子们笑对远方的来客，敬意写在脸上。茫茫草地上，不需要问谁是远来的人，一望即知。

说起来，想都想不明白，他们为什么会尊敬与爱一个陌生的闯入者呢？

这与他们的价值观相关。牧人们在草场支蒙古包，地上钉楔子系绳。搬走的时候，拔出楔子，垫土踩实，不然它不长草。不长草的泥土如同有一处伤口，用蒙古人的话说——可怜，于是要照顾土地。他们捡石头架锅煮饭，临走，把石头扔向四面八方，免得后来的牧民继续用它们架锅。它们被火烧过，累了，要休息。这就是蒙古人的价值观，珍惜万物，尊重人，更尊重远方的来客。

在湖边，我下车走向拿花的女孩。她们犹豫一下，互相对视一下，扭捏一下，突然唱起歌来，是两个声部，蒙古长调。

如此古老的牧歌，不像两个孩子唱的，或者说不像唱出来的。歌声如鸟，孩子被迫张嘴让它们飞出来。鸟儿盘旋、低飞、冲入云端。在这样的旋律里，环望草原和湖水，才知一切皆有因果，如歌声唱的一般无二。歌声止，跟孩子摆摆手上路，这时说"你们唱得真好"显得可耻。

脚上的土地绿草连天，没一处伤口。在内蒙古，由于外来人垦荒、开矿以及各种名目的开发，使草原大面积沙化。沙化的泥土不知去向，被剥掉绿衫的草原如同一个丰腴的人露出了白骨。失去草原的蒙古人，不知怎样生存。八百年来，他们没来得及思考放牧之外其他的生活方式。

青海的云，是游牧的云。云在傍晚回家，余晖收走最后的金黄，云堆在天边，像跪着睡觉的骆驼，一朵挨着一朵，把草原遮盖严密。不睡的骆驼昂首望远，是哨兵。到了清晨，水鸟在湖面喧哗，云伸腰身，集结排队。云的骆驼换上白衣，要出发了，去天庭的牧场。

云沉山麓

苍翠的毯子上有两道折痕,泛白,曲曲折折,这是形容草原上的车辙。这是在很高的地方——白音乌拉山顶,或干脆是飞机上——见到的情形。蒙古原来的辎重车在草地上轧不出辙印,木轮、辐条是榆木的,环敷一圈铁钉,钉帽上有锤痕。它们叫"勒勒车",牛轭,到湖边拉盐,出夏营地的时候装茶壶、皮褥子和蒙古包的零件。胶皮轱辘车是合作化之后先进生产力的代表,充气轮胎,轱辘上有花纹。雨后,胶皮大车把草地轧成坑,不再长草。

我去公社邮政所投一封信,在车辙边上走。边走边找绿茸茸的小地瓜,手指肚长,两头尖,一咬冒白浆。还有"努粒儿",汉语不知叫什么,美味的浆果。其他的,随便找到什么都成。一只野蜂的肚子撂在蚂蚁洞前,头和翅膀被分拆,肚子基本干了,黑黄的道道已不新鲜。四脚蛇在窜逃,奔跑一阵,趴在地上听听。我已看见它趴在地上倾听,它想从地表的震动判断我离它多远。我跺脚,并将泥土踢到它的四面八方,把这个弱视者的声呐系统搞乱。

最热的夏天,云彩都不在人的头顶,这是奇怪的事情。如果把眼里的草原比作鱼缸的话,云像鱼一样沉到下面。它们降落在远远的地平线上，堆积山麓。降那么低，还能飘起来吗？不知道。但如果你躺在草地上，闭上眼，欲睡未睡之际，也许刚好有一朵云探手探脚掠过。不要睁眼，让它以为你睡着了，然后有很多云从这一条天路走过。

风吹过来。我不明白草原上的风是怎么吹的。比如说，我感到它们从四面吹来，风会从四个方向吹来吗？这好像不符合风学的道理。风吹在脸膛和后背上，扯起衣裳。我也许应该随之旋转，像钻头那样钻入泥土。

车辙像水里的筷子那样折弯。走过一弯，见到一只白鸭。鸭子？是的，一只鸭子孤独地走在通向远方的路上。鸭子从来都是成群结队，一只鸭子，为什么往东走而不是向西？奥妙。

我放慢脚步，和鸭子并排走，看它，鸭子不紧不慢。你如果到公社，前面的路还很长噢，鸭子不管。你也要到邮政所吗？我对它晃一晃信。走出很远之后，我回头看鸭子，它还在蹒跚，路不好走。绿草里的野花在它身旁摇曳，白鸭显得很有风度。

云的事

　　云是另外一回事，人看了一辈子云，最终不知所云。我小时候的大人见了什么东西先摸一摸、尝一尝，比如布匹、盐和酒。云怎么摸？虽然人人都想撕一片云擦汗或擦桌子，云太远，捞不着。人坐飞机进入云层里，舷窗外有密密的白雾，此乃云也，是最近距离的接触，但还是隔着一层玻璃。云和咱们有隔阂呀，它是天上的东西。

　　我过去说，云在天边，而天边的人也说云在天边，它到底在哪儿呢？假如大地上的天空如一个圆玻璃鱼缸，云都在鱼缸边上堆着呢，鱼缸当中是大地，地上有微尘的山峦与更微尘的人们。

　　在呼伦贝尔的鱼缸，下面是草原，四周环绕云朵。呼伦贝尔之云比外地的云幽默。我看到一朵大云的形状似一个扎嘴的口袋，口袋嘴斜着洒落一溜儿小云花，假装它装的是银币。我觉得，呼伦贝尔之云的年代过得比咱们慢，像大兴安岭的松树生长得那么慢。用口袋装银币还是二十世纪初叶的事情呢，刚刚修中东铁路。呼伦贝尔的云还有炕，一字形的条云，两端有两朵云，老头老太太坐炕上喝酒。这里是牧业地区，云彩最多的骆驼云，看得出它们的跋涉感,好像是从莫力达瓦或扎兰屯来的白骆驼,这么走也没见瘦。但草原上的骆驼刚褪完毛,瘦得像毛驴一样,虽然比毛驴个大,却像毛驴一样灰。这些在吃草的骆驼没白云更像骆驼,我站在骆驼边上抬头看骆驼样的云。

　　飞机到海拉尔上空,我从舷窗看到地上有大大小小的黑湖。刚下过雨,草原存水积成湖啦。飞机下降,湖竟移动。啊?再看,黑的湖原来是云朵投射在草原的阴影。早先以为云在天边,不知它大小,这回知道了。大云面积有乡镇大,小云也有村子大,使草地变得黝黑。这么大的云影对地上的人来说,只不过像蛇一样从身边的草地滑过而已,可见缓慢的云在天上飞得多么快。

风里有什么

风

如果世上有一双抚爱的巨手,那必是草原上透明的风。

风是草原自由的子孙,它追随着马群、草场、炊烟和歌唱的女人。在塞上,风的强劲会让初来的人惊讶。倘若你坐在车里,透过玻璃窗,会看到低伏的绿草像千万条闪光的蛇在爬行,仿佛拥向一处渴饮的岸。这是风,然而蓝天明净无尘,阳光仍然直射下来,所有的云都在天边午睡。这是一场感受不到的哗变。在风中,草叶笔直地向前冲去,你感到它们会像暴躁的油画家的笔触,一笔一笔,毫不犹疑,绿的边缘带着刺眼的白光。

风就是这样抚爱着草叶。蒙古人的一切都在这些柔软的草叶的推举下变成久远的生活。没有草,就没有蒙古包、勒勒车和木碗里的里面的粮食。因此"嘎达梅林"所回环祷唱的歌词,其实只有一句话:土地。每天,土地被风无数次地丈量过,然后传到牧马人的耳边。

到了夏季,在流水一般的风里,才会看到马的俊美。马群像飞矢一样从眼前穿过时,尾鬃飘散如帜,好像系在马身的白绸黑绸。而这样的风中,竟看不到花朵摇摆,也许它们太矮了，只是微微颤着，使劲张开五片或六片的花瓣。在风里，姑娘的蒙古袍飘飘翻飞，仿佛有一只手拽她去山那边的草场。这时，会看出蒙古袍的美丽，由于风，它在苍茫的草地上抖搂亮丽。而姑娘的腰身也像在水里一般鲜明。

背手的老汉前倾着身子勉力行进，这是草原上最熟悉的身影。外人不明白在清和天气，他走得何以如同风中跋涉。风，透明的风吹在老汉脸上，似乎要把皱纹散开，把灰色的八撇胡子吹成小鸟的翅膀。

在这样的风里，河流仍然徐徐而流，只是水面碎了，反映不出对岸的柳树。百灵鸟像子弹一样"嗖"地射向天空，然后直上直下与风嬉戏，接着落在草丛里歌唱。它们从来都是逆风而翔，歌声传得很远。

风到底要吹走什么

湖水的波纹一如湖的笑容,芭蕉叶子转身洒落了一夜的露水。晃动的野菊花仿佛想起难以置信的梦境;旗帜用最大的力气抱住旗杆,好像要把旗杆从土地里拔出——它们遇到了风。

风同时用最大和最小的力量吹拂万物。它吹花朵的气流与人吹笛子的气流仿佛,风竟有如此温柔的心,这样的心让湖水笑出皱纹。水原本没有皮,风从湖的脸上揪出一层皮,让它笑。风到底想干什么呢?风让森林的树梢涌动波涛,让树枝和树叶彼此抚摸,树枝抽打树枝,树叶在风里不知身在何处。风在树梢听到自己的声音变为合唱,哗——,哦——。这声音如同发自脚下,又像来自远方,风想干什么?风不让旗帜休息。旗的耳边灌满扑拉拉的声响,以为自己早已飘向南极。

风从世界各地请来云彩,云把天空挤得满满当当。风是非物质遗产手艺人,为云彩正衣冠,塑身材,让云如旧日城堡、如羊圈、如棉花地、如床、如海上的浪花、如悬崖、如桑拿室、如白轮船。风让云的大戏次第上演,边演边混合新的场景。剧情基本莎士比亚化,复仇、背叛和走向悲剧的恋爱在云里实为风里爆发。而风,没忘记在地面铺一条光滑的气流层,让燕子滑翔。风喜欢看到燕子不扇翅膀照样飞翔与转弯,风更喜欢燕子一头冲进农舍房梁的泥巢里。秋毫无犯啊,秋毫无犯。这是风对燕子的赞词。

风吹麦地有另一副心肠。它摩挲麦子金黄的皮毛,像抚摸宠物。麦子是大地养育的奇迹之一,黄金不过之二。大地原本无好恶,无美丑,无奇迹。大地养育毒蛇猛兽,还会分别万物吗?可是麦子不同,麦穗藏的孩子太多,每条麦穗都是一大家子人。麦粒变成白面之后,世上就有了馒头面条。上天喜看饥饿人吞吐吃馒头面条比皇帝满足。人虽坏,也得活,是五谷而非金融衍生品养育着他们。植物里,麦子举止端庄,麦穗的纹样被人类提炼到徽章上。风吹麦地,温柔浩荡。风来麦地,又来麦地,像把一盆水泼过去,风的水在麦芒上滚成波浪。风一盆一盆泼过去。麦浪开放、聚拢、一条起伏的道路铺向天边。麦穗以为自己坐在大船上,颠簸航行。

风从鲜卑利亚向南吹拂。春天,风自苔原的冻土带出发,吹绿青草,吹落桃与杏花的花瓣,把淡红色的苹果花吹到雪白的梨花身上,边跑边测量泥土的温度。风过黄河不需桥梁,它把白墙黑瓦抚摸一遍,吹拂江南蛋黄般的油菜花,继续向南。风听过一百种叽里呱啦的方言,带走无数植物的气息,找到野兽和飞鸟的藏身地。风扑向南中国海,辨识白天的岛屿和黑夜的星星,最终到达澳大利亚的最南端。在阿德莱德的百瑟宁山,风在北方的春天见到这里的秋天。世上有两样存在之物无形,它们是时间和风。

风说：世间只有速度，并无时间。风一直在对抗着时间。

　　风吹在富人和穷人的脸上，推着孩子和老人的后背往前走。风打散人的头发，数他们每一根发丝。风吹干人们的泪痕。风想把黑人吹成白人，把穷人吹成富人，把蚂蚁吹成骆驼，把流浪狗吹回它的家。风一定想吹走什么，白天吹不走，黑天接着吹。风吹人一辈子和他们子孙一辈子仍不停歇。谁也不知风到底吹走了什么，记不起树木，河土和花瓣原来的位置。风吹走云彩和大地上可以吹走的一切，风最后吹走了风。

　　我至今尚未见过风，却时时感到它的存在。沙尘不是风，水纹不是风，旗帜不是风。风长什么样呢？一把年纪竟没见过风。风与光一样透明、一样不停歇、一样抓不住。不知不觉，风吹薄了人，吹走了人的一生。

风里有什么

世上有好多事情弄不清,最弄不清者一为风,二为云。人遇到风。呼来了,呼走了。啥来了,啥走了?不知道。感受过,但一辈子没见过此物。"风"这个词也是听别人说的。对风,我们是盲人。就像我们在爱情里是盲人。男人只见过女人,谁见过爱情?

树林里,栎树的小圆叶子微微摇动,是风来了吗?人还没感受到风,树叶却已经招手了。走上山冈,传来巨大的风声,树叶像潮水一样喧哗。一棵树身上不知有多少叶子,而每一张叶子都在动并发出声音。风穿越绿叶的隧道。而人却没觉得有什么风。细听,听不出清林中的风声从何而来。树叶和树枝只是在抖晃俯仰,竟发出深沉的低音。在主旋律"呜——"结束之后,才是树叶子"唰拉拉"的后伴音。说!"呜——"是谁的声音?

盲人如果来到呼伦贝尔游历,他大脑收获的图景跟明眼人会完全不同,大不同。他看不到雨后的草原在深蓝城堡般的云层下透出的新绿,看不到像刷了石灰粉一样的白桦树互相斜倚,宛如等人来合影,看不到莫尔格勒河如盘肠一般,一里地弯十个弯。陡立的河床上长满了青草。

盲旅人看不到这些，他被呼伦贝尔的风抱在怀里，风拉住他的手旅行。风是另一位盲人，它用一种叫作"风"的手势识别盲旅人的脸，摸他的眼睛、鼻子、脖子和头发。草原的风打扫他浑身上下，衣裤簌簌作响。盲人听到，季风弹拨落叶松的松针，声音似蜂蜜的丝。风捧不起河流的水，却把水的腥气塞进人的鼻子里。风里有什么？大兴安岭南麓和北麓的气味不一样，盲人的脑部地图定位着白桦林的清甜气味，奔跑结束的马群的臊汗味，被露水打倒的青草的气味，还有风。风并没有风味，风里只有远方的味。风里混合着高山岩石的苔藓味，低洼地带的泉水、动物粪便和草原上不同的野花的气味。风大度地、悠然地把各处的气味带到各处，又把各处的气味带到其他各处。对野生动物来说，这些气味是博物馆，气味里有所有动物的表情，花和河流的意思。风里的气味是野生动物的生存依据。

小鸟身上有什么味吗？不知道，它们笔直地飞进蒙古栎树林，不知道给树林带去了什么气味。去呼伦贝尔旅游的人可能忘记了，小鸟始终在他们头顶飞翔鸣唱。我提醒自己，每到一个新地方，先听听有没有鸟鸣。事实上，每一个地方都有小鸟的歌唱，除非下雨或刮大风。我听到这些歌唱，满自负，以为别人没听到。他们盯着草原上的野花，笨拙地迈进，忘了鸟鸣。我闭眼倾听鸟的歌唱，它们的歌声光溜溜的，音节或长或短，歌词不相同。别人告诉我，大部分是云雀和百灵的歌声。然而看不到这些鸟儿，草原上没有树，它们在我头顶什么地方唱呢？只好说，呼伦贝尔有数不清的鸟，边唱边飞，我听到了它们路过时的那一段音频。

这么小的小风

最小的小风俯在水面，柳树的倒影被蒙上了马赛克，像电视上的匿名人士。亭子、桑树和小叶柞的倒影都有横纹，不让你看清楚。而远看湖面如镜，移着白云。天下竟有这么小的风，脸上无风感（脸皮薄厚因人而异），柳枝也不摆。看百年柳树的深沟粗壑，想不出还能发出柔嫩的新枝。人老了，身上哪样东西是新的？手足面庞、毛发爪牙，都旧了。

在湖面的马赛克边上，一团团鲜红深浅游动，红鲤鱼。一帮孩子把馒头搓成球儿，放鱼钩上钓鱼。一条鱼张嘴含馒头，吐出，再含，不肯咬钩。孩子们笑，跺脚，恨不能自己上去咬钩。

此地亭多，或许某一届的领导读过《醉翁亭记》，染了亭子癖。这里的山、湖心岛、大门口，稍多的土积之成丘之地，必有一亭。木制的、水泥的、铁管焊的亭翘起四个角，像裙子被人同时撩起来。一个小亭子四角飞檐之上，又有三层四角，亭子尖是东正教式的洋葱头，设计人爱亭之深，不可自拔。最不凡的亭，是在日本炮楼顶上修的，飞檐招展，红绿相间，像老汉脖上骑一个扭秧歌的村姑。

干枯的落叶被雨浇得卷曲了,如一层褐色的波浪。一种不知名的草,触须缠在树枝上。春天,这株草张开枣大的荚,草籽带着一个个降落伞被风吹走。伞的须发洁白晶莹,如蚕丝,比蒲公英更漂亮。植物们,各有各的巧劲儿。深沟的水假装冻着,已经酥了,看得清水底的草。我想找石头砸冰,听一下"噗"或"扑通",竟找不到。出林子见一红砖甬道,两米宽。道旁栽的雪松长得太快,把道封住了,过不去人。不知是松还是铺甬道的人,总之有一方幽默。打这儿往外走,有一条小柏油路,牌子上书:干道。更宽的大道没牌子。

看惯了亭子,恍然想起这里有十几座仿古建筑,青砖飞檐,使后来的修亭人不得不修亭,檐到处飞。

我想在树林里找到一棵对早春无动于衷的树,那是杨树。杨树没有春天的表情,白而青的外皮皲裂黑斑,它不飘舞枝条,也不准备开花。野花开了,蝴蝶慢吞吞地飞,才是春天,杨树觉得春天还没到。杨树腰杆太直,假如低头看一下,也能发现青草。青草于地,如我头上的白发,忽东忽西,还没连成片。杨树把枝杈举向天空,仿佛去年霜降的那天被冻住了,至今没缓过来。

鸟儿在云不落的上空飞,众多的树,俯瞰俱是它的领地。落在哪一棵上好呢?梨树疏朗透光,仪态也优雅,但隐蔽性差;柏树里面太挤了,虽然适合调情;小叶柞树的叶子还不叶,桑树也未桑。小鸟飞着,见西天金红,急忙找一棵树歇息。天暗了,没看清这是一棵什么树。

多快的手也抓不住阳光

曙　色

　　曙色是未放叶的杨树皮的颜色，白里含着青。冻土化了，水分慢慢爬上树枝，但春天还没有到来，还要等两个节气。

　　日落时，西天兴高采烈，特朗斯特罗姆说像"狐狸点燃了天边的荒草"。日之将出，天际却如此空寂，比出牧的羊圈还冷清。

　　天空微明之际，仿佛跟日出无关，只是夜色淡了。大地、树林和山峦都没醒来，微弱的曦光在天空蹑手蹑脚地打一点底色，不妨碍星星明亮，也不碍山峦包裹在浓黑的毯子里。这时候，曙色只是比蚌壳还暗淡的一些白的底色，天还称不起亮。杨树和白桦树最早接收了这些光，它们的树干比夜里白净，也像是第一批醒来的植物。在似有若无的微明里，约略看得到河流的水纹。河流在夜里也在流动，而且不会流错方向。河水在不知不觉中白了起来，虽然岸边的草丛仍然黑黝黝的。这时，河水还映照不出云彩，天空看不到有云彩游荡，就像看不清洒在白布上的牛奶的流淌。星星遗憾地黯淡下来，仿佛退离，又像躺在山峦的背后。露珠开始眨眼，风的扫帚经过草叶时，露珠眨一眨眼睛,落入黑暗的土壤里。鸟儿在树林里飞蹿,摇动的树枝露出轮廓,但大树还笼罩在未化的夜色中。鸟儿在天空飞不出影子,它们洒下透明的啁啾。受到鸟的吵闹,曙色亮了一大块,似乎猛地抬起了身子。

我没听到过关于天亮的计量术语,它不能叫度,不叫勒克司(lx)与流明(lumen)。大地仍然幽暗之际,天空已出现明确的白,是刚刚洗过脸那种干净的白,是一天还没有初度的白。它在万物背后竖起了确切的白背景,山峰与天空分割开来。天的刀子在山峰上割出了锯齿形状。天光让树丛变成直立的树,圆圆的树冠缀满叶子,如散乱的首饰。河水开始运送云朵,这像是河上的帆。最后退场的星星如礼花陨灭于空中,它陨灭的地方出现了整齐的地平线。

这时候,如果谁说"天亮了",他并没有说谎。人可以看清自己的白手。夜半解手时,人看不见自己的手,只能摸索着解开裤子。

我在贝加尔湖左岸跑步,天的白光渐渐从树林里升到空中。湖水是庞大的黑,如挤满海豹的脊背,而天色的白是怯生生的,似蒙了一层轻纱。好像说天亮还是不亮是定不下来的事情。天未亮,但树林慢慢亮了,高大的松树露出它们粗壮的枝丫,如同强壮的胳膊。树丛一团团剪影似的黑影里流露苍绿。转眼看,湖水变白,比天空还要白一些,类似于鱼肚白,好像刚才那些海豹翻过身晾肚子。站住脚看,这地方真是简洁,只有湖水和天空两样东西。而且,湖水比天空面积大的多。以人的身高看贝加尔湖,肯定是湖大天小,这跟上帝在天上俯瞰不相同。

在山野观曙色是另外一样。我曾在太行山顶上住过一宿。那里天黑得早,亮得晚。我有早起习惯,出门刚走几步,被一个东西拉住衣袖。我用左手慢慢摸过去,原来是枣树的枝条,它隐藏在浓密的夜色里。抬眼看,看不见早已看惯的天,好像天被山峰挡住了。而我头一天入睡前,特意看了看,天分明还在那儿,还有星星,尽管不多,但此时竟一点天光都没有。我退回屋里,看表,天应该亮了。五点了,这个村的天却迟迟不亮。我甚至想——是不是这里的天不亮了?这么一想挺害怕,那就下不了山了。过了十五分钟,窗外有白影。我出门,看到地上起白雾,天还没亮(其实亮了,不然哪有照见白雾的光?),往前走,又有树枝扯住右边衣袖,仍然是看不清树。此时,我明白一个浅显的小道理。平原上的光由地平线漫射而来,它从四周冲过来包围大地。这里四外都是山峰,光悭吝。再走,我看到脚下的青石板,踩上走。雾越发浓,比舞台的干冰效果还浓烈。雾里如有狗有狼咬住你的腿,那是一点办法也没有。这么想着,我左腿肚子抽筋了,觉得亮牙的狗正在雾里瞄准我的腿肚子。雾大,看不到头顶的高山,当然也看不到所谓曙色。其实曙色已经藏在雾里,是一团团棉纱。说话间,山谷传来松涛的呼喊,雨滴如洪水那样斜着打过来,湿了左边衣裤,右边还是干的。一瞬间,雾跑了。雨或者风过来赶走雾。可爱的天空在头顶出现,白得如煮熟的蛋壳,山峰骄傲地站在昨天的地方。最陡峭的地方树木孤独,大团的雾从它们身边沉落在山谷里。这时候,天空飘来了彩霞。它们细长成绺,身上藏着四五种颜色,以红黄色调为主。如果你愿意,把这些彩霞看成是金鱼也可以。太阳正藏在东方峰峦后面,把强烈的彩光打到云彩上,之后打在山峰上,一片金红。

多快的手也抓不到阳光

地上的阳光,一多半照耀着白金色的枯草,只有一小片洒在刚萌芽的青草上。潜意识里,我觉得阳光照耀枯草可惜了。转瞬,觉出这个念头的卑劣。这不是阳光的想法,而是我的私念。阳光照耀一切,照在它能照到的一切地方,为什么不给枯草阳光呢?阳光没办法只照青草而绕过枯草,只有人才这么功利。

枯草枯了,还保持草的修长。如果把枯叶衬在紫色或蓝色的背景下,它的色彩含着一些高贵,是亚麻色泽的白。它们在骤然而至的霜冻中失去了呼吸,脸变白。阳光好好照耀它们吧,让它们身子暖和起来。青草刚冒出来都是小片的圆形,积雪融化之后,残雪也是圆形。这是大自然的意思,正如太阳、月亮和鸟蛋都是圆形。你没办法让残雪变成长方形或三角形,没这个道理。

青草好像不敢相信春天已经到来,它们探出半个浅绿的身子四处张望,田鼠刚刚跑出洞来也像青草这样张望。青草计算身边有多少青草,用同伴的数量来决定它快长还是慢长。我很想拿日历牌举到青草鼻子前面:"已经春分了,下一个节气就是清明。"今年我喜欢节气,不打算过月份而只过节气。一年二十四个节气正好比十二个月多一倍，一年顶两年。

阳光洒在嫩绿的小草上，像把它们抱起来，放到高的地方——先绿的青草真都长在凸出的地方。阳光仔细研究这些青草，看它们是草孩子还是老草的新芽。我替阳光研究这件事，发现既有稚嫩的新草，也有枯草冒出的新叶。你看，这就是阳光照耀枯草以及照耀一切的原因——貌似死去的枯草照样生新芽。阳光照在牛粪上、碎玻璃上，房顶废弃的破筐上都有恩典，破筐里正有一小堆虫卵等待阳光把它们变成虫子。

我在荒野停下来，让阳光在脸上静静照一会儿。走路时，脸上甩跑了许多阳光。中医说，脸对阳光，合目运睛有养肝之效。余试之，感到我的眼皮比樱桃还红。体察阳光落在脸上的感受，只觉敷一层暖。阳光的手是何等轻柔，它摸你的脸，你却觉不出它手指的触感。阳光不分先后照在我的前额、鼻子、嘴唇和下巴上，如果光膀子就照到了胸膛上，这是多么大的优惠。以后不会进入花钱买阳光的时代吧？一平方寸皮肤每小时收十元钱，照完一个脸需要一上午，比心理咨询还贵。阳光在我脸上看到了什么？这是一张蒙古人的脸，鼻子这样，嘴那样，阳光照在每一个汗毛眼里。我转过身，让阳光照照脖子，否则脖子不乐意，来个落枕什么的不好办。

走在荒野里，看大地出发到远方。在大地上，我看不见大地，只有铺到天边的阳光。四外无人，我趴在地上看阳光在地表的活动情况。

我想知道阳光摊多厚，或者说它有多薄。一层阳光比煎饼薄比纸薄比笛膜还薄吗？

阳光没有皱褶，它们覆盖在坑坑洼洼的泥土上，熨帖合适，没露出多余的边角。

我像虫子一样趴在地上看阳光，看不见它的衣裳，它那么紧致地贴在土地上，照在衰老的柳树和没腐烂的落叶上。进一步说，我只看到阳光所照的东西却没看到阳光。起身往远处瞧，地表氤氲一层金雾，那是阳光的光芒。

阳光照在解冻的河水上，水色透青。水抖动波纹，似要甩掉这些阳光。阳光比蛇还灵活，随弯就弯贴在水皮上，散一层粼光。阳光趴在水上却不影响水的透明。水动光也动，动得好像比水还快。

傍晚，弄不清阳光是怎样一点点撤退的。脱离光的大地并非如褪色的衣衫。相反，大地之衣一点点加深，比夜更黑。

闭上眼，让皮肤和阳光说会儿话，假设我的脸膛是土地，能听到阳光在说什么呢？我只感到微温，或许有微微的电流传过皮肤。伸手抓脸上的阳光，它马上跑到我手上。多快的手也抓不住阳光。

光

才知道,这一生见得最多的是光。光伴随了人的一生,而不是其他。一个人离开这个世界时,他离开了这一世的光,他变成光的另一种形式——碳化。

光在子夜生长。夜的黑金丝绒上钻出人眼分辨不清的光的细芽。细芽千百成束,变成一根根针芒。千百银针织出一片亮锦,光的水银洒在其中。还是夜,周遭却有依稀亮色,那是光的光驱。光在光里衍生,在白里生出白,在红里生出红。它为万物敷色,让万物恢复刚出生的样子。光的手在黎明里摸到世上每一件物品。万物在光里重新诞生,被赋予线条,色彩与质地。光在每一天当一次万物的母亲。

露水在草叶上隆起巨大的水珠,不涣散,不滴落,如同凸透镜。露珠收纳整个世界,包括房子和云彩。人说露珠是透明的,可是你在露珠里看不到草的纹理,它只是晶莹,却不透明,所说的透明是露水的水里有光,光明一体。

光告诉人们何为细微。蜜蜂背颈上的毫毛金黄如绒,似乎还有看不清的更小的露珠,也许是花粉,只如一层绒。光述说着世界的细微无尽。唯细微,故无尽,一如宽广无尽。光的脚步走到铁上,为铁披一身坚硬的外衣,在生锈的部分盖上红绒布。光钻进翡翠又钻出来,质地迷离。翡翠似绿不绿,似明非明,这里是光的道场。人看到的不是翠,是光。翡翠不过是光所喜欢的一块石头,正如黄金是光喜欢的另一块金属。黄金的光芒当然是光的芒,它是金属里的君王,金属里的老虎。此光警告人等勿近勿取勿藏黄金。人被它的光照晕了,靠近攫取珍藏。天之道,传到人间往往变成它的反面。黄金的稳定性被人制定为所有人都愿意接受的尺度。光在黄金上反射的警告从未发生效力,人断定比生命更宝贵的唯有黄金。黄金不灭,黄金的首饰上留下无数人的指纹,尔后易主,再后回炉。黄金炯炯有神,身上站立百分之九十九点九九的光。

　　光在水里划出微纹,回环婉曲,比任何工匠画的都工细。水的浪花在举起的一瞬,光勾勒出水滴的球体。浪摔倒,再举起,光每每画出浪花的形态,每每耐心不减。光在田野飞奔,无论多么快,它的脚跟都没离开过大地。光的衣衫盖着土块乃至草的根须。大地辽阔,麦芒蘸着光在空气中编织金箔画。光让麦粒和麦芒看上去像黄金一样,不吝消耗掉无数光。麦浪一排排倒下,让光像刷涂料一样刷遍麦的一切部位。种麦子的地方,花不鲜艳,金子不再闪光,麦子耗尽了光的光芒。如此才有白面诞生,面包把麦子里贮存的光搭成松软的天堂。

　　光的脚步停留在黑色的地带,让煤继续黑。煤里也有光——当它遇到火。光仔细区别每朵花的颜色,让花与叶的色泽不同,让花蕊和花瓣的颜色不同。光最喜爱的东西是花,花的美丽,即为光的美丽。但人把这笔美账算在花的头上,就像人把美人的账算在人的头上,忘记了光。

光来到之后,世界的丰富和罪恶接踵而至。为一切事物制造一切幻象。人借此区分美人丑人,宝马香车。人对食物发明过一句无耻的评语:色香味。色即光,即食物入腹之前的色泽。香只是人的鼻子味蕾的偏见。母羊在煮熟的羊羔肉里闻不到香味。味是人类舌头和大脑共同制造的幻觉。它们约定俗成,认定其味优劣。小鸟在林中死去,尸体始终无味,而人死后迅速发出恶臭,为什么这样?臭味早就藏在人的身上,被人挡着散发不尽,死了之后才无遮拦。人对环境、对动物,一定是负罪的。耶稣当年对举着石块试图砸死抹大拉的玛丽亚的人们说,"你们中间哪一个人是无罪的,那个人就打她吧。"这个被解救的妓女用忏悔的眼泪为耶稣洗脚,拿浓密的头发把耶稣的脚擦干。她有过罪,但谁没罪?到哪里去找无罪的人?

光在墙壁上飞爬,爬上衣橱的正面和侧面,光在饭碗的釉面反光。反光是光遇到了进不去的地方,比如镜子。光在书柜底下的灰尘里慢慢爬行,光照亮了书上的每一个字。光在字里最显安静,正如它在黄金上最显急躁。光阅读书上的字,被弯弯曲曲的笔画迷住了,随后晕倒。光和人一起读书里的故事。黄昏降临,书上的字在读书人揉一揉眼睛的瞬间解散了队伍,这时候的光累了。它拿不定主意是否与大批量的光从西天撤退。光和读书人一道想再读一会儿,直至这些字带着意味深长的笑容退到黑夜里。

早晨，光饱满地驻扎在世上的每一处。夜晚，光在不知不觉中逃逸，人根本察觉不出它的离开，人只能愚蠢地说"天黑了"。就算天黑了吧，虽然这只是光的撤离。光在年轻人脸上留下光洁，在老年人脸上留下沟壑。人在光的恩赐下见到自己的美丑肥瘦，以此跟世界跟自己讨价还价。光每天都离开，此曰无常。人不理会这些，在光再次来到人间时开始新的欢乐与悲伤，借着光。

光的笑容

光从长裙似的厚窗帘的脚下射进来时,只有三寸长,它落在剔花地毯上,好像捕捉羊毛里的尘埃。如果你"哗"地掀开窗帘,光像洪水一般扑进来,占领屋里的每一个角落。还是节省点光吧,我一点点拉开窗帘,光像客人从一条窄道走下来。它们只走直线,前方不管是床或者椅子,光都要走过去,把自己的衣服摊在上面。

每天从窗外进入我家里的光是原来的光吗——昨天、前天、许多天以来的光?

这些光线——它虽然被称为线,我实在不知道它们是多少根线——真像是我家里的熟人,从窗玻璃上的每一部分穿越而来,从它和煦的温度上可以感到这些光线带着笑意。如此说,光带着笑容来到我家。是的,否则它来此做什么呢?

光坐在地板上笑,它们坐在橱柜、枕头、书本、床头的眼药水上笑,它们坐在垂直的镜子上笑,它们在镜子里看到了墙壁和吊灯上的光的兄弟。

这些光线只是光的先头部队,是天色微曦之后进入屋子里面的亮,我称之为泛光,而整齐的光的队伍在后面。

当阳光越过前楼的屋檐进入房间时，它们全穿着金色的制服。这些光不乱走，这些光永远保持队形，排成一字的方形向前面推进。无论遇到什么东西，早晨的光都刻板地为这些东西涂上一层金色。如果你在地板上放一个金黄色的小南瓜，阳光也照样为它涂上金色，虽然南瓜身上一点也不缺这种颜色。

如果我家的黑猫飞龙少校端坐在光里，光比平时劳累。它把金色洒在飞龙的每一根毛上，而猫的毛又如此之多。飞龙如刺猬一样沐浴在晨光里，不时看一看自己爪子上的光，但没等它把光舔进肚子，光已经跑了。爱因斯坦早就说过，光的速度是人可以理解的速度里面最快的，但飞龙少校从未听说过爱因斯坦，连塔吉克斯坦也闻所未闻，它认为斯坦并不比一只麻雀更重要。

光行进的时候，边走边衍生新的光，即反光，否则光不够用了。反光也是光，你看到光在地板上缓缓推进时，它的反光已经把天花板照亮了，这又省了许多光。没错，墙壁也被照亮了。我家卧房的墙壁露出布达拉宫式的红色，客厅露出小葱的绿色，它们上面进驻了光。

然而我们并没有见到光本身，这样说好像不讲理。怎样说才讲理呢？在光照中，我看到了栗子色的地板、彩色墙壁和其他东西的轮廓与色彩，但它们是地板、墙壁与其他东西，并不是光。光是透明的？当然透明，光从来不是一堵墙。然而透明的水、玻璃与水晶都有实体（佛家称之为色），而光的实体在哪里？

你伸出手，当你看到你的手时，光就在你的手里，你却握不住它，更不能把光藏起来。以人的贪婪的本性而言，如果可以把光藏起来，不知有多少人藏起多少光，大街上到处是卖光的人，行贿也会贿之以光，但太阳没让人这样做。造物主所造的核心物质都具有不可复制性与不可储存性，比如空气，比如光。电来自能源转换而非制造，同时不可储存。

在我们见到光照射万物时，仍然可以说我们不知什么是光，没见过光本身。你说光原本不存在也未尝不可，说它存在，你怎么指给人看呢？爱在哪里？智慧和仁慈在哪里？人没办法指出它们，尽管它们就在那里。

我趴在地板上摆火柴棍测量阳光的行进速度，后因接电话把这项重要试验耽误了。当你趴着看地板上阳光的脚步时，光似乎不动了。从理论说，光每秒每刹那都在行走。从实践——以人的视网膜、人的无法安住的心念——说，它不曾移动，而人一转身，它又迈了一大截。光均匀地走过房间和整个大地，走过上午和下午。光时时在生长，人从来抓不住它们不断生长的尾巴。从古至今，只有光从容不迫。

关于光

那年，我因眼部手术，双目遮蔽七日，尽领黑暗滋味，有想法如下。

黑暗不同于夜。夜没有纯粹的黑暗，在最黑的夜里，物体还能显示向背。最主要的是，睁眼看到的黑暗有一些安心，眼睛仍然能搜索出一点点光。在闭眼的黑暗当中，比黑暗更难忍的是被隔绝。明明有光，但与你无关。双眼如一对困兽，不断挣扎。

在黑暗中，触觉最敏锐。突然感到手指那么聪明，一碰便知物体的性质。药瓶、桌子、床单、铁，它们的手在那里非常清晰。在黑暗里行走，手总要行先伸出去。

即使眼睛已经失去功能，仍然怕外物碰到自己的眼睛。

空间的思绪在缺少视力的情况下变得发达。一起身，首先是这一处空间的立体图画。鞋在哪里，门在哪里，从床到门有哪些障碍。长宽高的概念在脑子里十分坚硬。

在黑暗中，人的语言很少。你自己所说的话，声音变得很大。第一次这么认真地听自己说话，听到了这么多废话和不必要的零碎。于是我想到盲人大多不是倾诉者。华丽的、滔滔不绝的、评判他人的话不适合在黑暗中吐露，仿佛这与自己的处境不合。世上所有的不幸都不会比没有视力更糟糕的，因此不愿意评论他人。

还有，浮华冗长的话语如果呈现在周遭的色彩、形状之中，尚不刺耳。而黑暗中的话语，像用蘸满墨汁的笔在白纸上写字，非常醒目。

黑暗中的眼睛恐惧光亮，当然这只就外科手术的人而言。如果双目遮蔽超过七十二小时，仍然具有视觉的眼睛对光线极为敏感与不适。眼睛蒙上纱布、戴上墨镜，以及窗帘被拉上之后，仍然不敢面对光的一面。人们不知道，光是多么有力量的东西，些微的光都刺得眼球酸痛。那些眼部手术已经痊愈的患者，常低头走路，用手蒙着眼睛露出一条缝看地面。光像水一样，从针眼儿大的地方挤进来并扩张。影视里复明的患者摘掉纱布、载歌载舞的场面，实在是太荒诞了。

视觉细胞乃至视蛋白对光的反应，实在太脆弱了。

我想起某人趴在复印机上，睁眼，复印之后双目失明这件事。事实上，阳光的亮（照）度、大气层对长波紫外线的阻拦，人类眼睛的结构有着精美的契合关系。其奇妙不可说。

黑暗中的人不喜欢夜晚的到来。白天已经是一个夜了，又进入一个夜，仿佛委屈。

黑暗中的人爱躺在床上揣摩外面的人在做什么。想来想去，感到他们实在太能耐了，尤其佩服那些奔跑、骑车和穿越十字路口的人。

　　躺在床上想，假如人类视力低下，这世界该是什么样子呢？房子的门很宽，马路也很宽，没有汽车，只生一个孩子或不生孩子，全世界都很温和，一般由歌唱家来当总统。

　　生物钟存在的前提是，人体必有除眼睛之外的某个部位能够感受到光。但已知的事实为，除眼睛外，人体其他部位不存在视蛋白。因此，不可能"看"到光。从理论上说，人体不存在生物钟。

　　不久前，科学家发现人体皮肤上存在另一类型的视觉蛋白，是它们把光的出现通知了大脑。在黑暗中，我常常举起胳膊，说："看吧，你们。"

　　视觉蛋白，从感受微量的光发育成为眼睛，可以欣赏色彩，从鲜花到女人的嘴唇。这是一条多么漫长神奇的道路。

幸福村中路的暖阳

北京冷透了之后,比如一月份的中旬,每天下午两点去古墙下面体会阳光的暖,有大乐趣。老北京的"老"字,在其中也能透露出一点。

北京最冷天中的午阳,暖得让人微醺。这和火盆、热炕、暖风以及电褥子都不一样。午后天晴风止,时间有如停滞,人的视野全清朗了。阳光照在脸上,像喝了二两半花雕,打里边往外暖。一位中医朋友说,冬天的阳光最有营养。他把阳光也当药看待。心松开了,宽宽绰绰的,舒展。这种光线只有腊月天才有,天冷不透,午后的暖阳也晒不进人的心里头。

这时候,如果到紫禁城下的公椅上坐一坐,闭上眼睛听听马路上的车声,感觉阳光像小虫子争先恐后地从脸上爬进心里,睡意堆积。再睁眼看看匆匆的行人,合眼让睡意泛滥。想人忙我偏有闲,得大自在。这都要依仗午后的冬阳。

说睡,实为一阵小迷糊。这阵小迷糊就了不起,占据片刻的物我两忘,心胸过滤了一遍。醒了,觉得眼睛更亮了,看看北海滑冰的人、岸边褐中有黄的干柳枝,都有趣。所谓"老北京",除去建筑、掌故之外,还有平民与时令下的享受,晒太阳(西安话叫晒暖暖,说得更好)就是其一。

我住的地方离北海远,也不值得为这么一点事去那儿晒太阳。此事在幸福村中路同样可以享受。这儿没城墙,有超市的大山墙,一样。街上的公共健身设施上,老头、老太太在搞摇的、转的动作。他们的皱纹白发和设施的鲜艳油漆形成好看的对比。

坐在这儿的椅子上摄取冬阳,看胖红脸男人搂着瘦皮草小姐从酒店出来,看工人蹬板车送蜂窝煤,看人下象棋,都不耽误享受阳光的和煦。坐久了,没觉着自己睡着,但被路人的谈话声惊醒,还是睡了。听到喜鹊叫,抬头却找不到喜鹊。杨树枝上蹲着三个冬鸟,不是麻雀,像朱雀。它们并排蹲着,像回忆,又有出席古典音乐会的表情,也可以说是守纪律的士兵,可爱极了。在人之前,它们就知道北京的午后有这么一种乐趣,于是出席枝头。

我喜欢冬鸟的理由是它们胖。鸟儿胖了之后,憨而又拙,往泥塑玩具方向发展。比人胖好看多了。

更多的光线来自黄昏

　　黄昏在不知不觉中降落,像有人为你披上一件衣服。光线柔和地罩在人脸上,他们在散步中举止肃穆。人们的眼窝和鼻梁抹上了金色,目光显得有思想,虽然散步不需要思想。我想起两句诗:"万物在黄昏的毯子里窜动,大地发出鼾声。"这是谁的诗?博尔赫斯?茨维塔耶娃?这不算回忆,我没那么好的记性,只是乱猜。谁在窜动?谁出鼾声?这是谁写的诗呢?黄昏继续往广场上的人的脸上涂金,鼻愈直而眼愈深。乌鸦在澄明的天空上回旋。对!我想起来,这是乌鸦的诗!去年冬季在阿德莱德,我们在百瑟宁山上走。桉树如同裸身的流浪汉,树皮自动脱落,褴褛地堆在地上。袋鼠在远处半蹲着看我们。一块褐色的石上用白漆写着英文:"The World Wanders around in the blanket of dusk, the earth is snoring"鲍尔金娜把它翻译成两句汉文——"万物在黄昏的毯子里窜动,大地发出鼾声。"我问这是谁的诗?白帝江说这是乌鸦写的诗。我说乌鸦至少不会使用白油漆。他说,啊,乌鸦用折好的树棍把诗摆在一块平坦的石头上。我问是用英文?白帝江说:对,它们摆不了汉字,汉字太复杂。有人用油漆把诗抄在了这里。

我想说不信，但我已放弃了信与不信的判断。越不信的可能越真实。深信的事情也许正在诓你。乌鸦们在天空排队，它们落地依次放下一段树棍。我问白帝江，摆诗的应该只有一只乌鸦，它才是诗人。白帝江笑了，说有可能。这只神奇的大脚乌鸦把树棍摆成"The World Woande……"乌鸦摆的S像反写的Z。为什么要这样呢？是因为黄昏吗？

我在广场顺时针方向疾走。太阳落山，天色反而亮了，与破晓的亮度仿佛。天空变薄，好像天空许多层被子褥子被抽走去铺盖另一个天空。薄了之后，空气透明。乌鸦以剪影的姿态飘飞，它们没想也从来不想排成人字向南方飞去。乌鸦在操场那么大一块天空横竖飞行，似乎想扯一块单子把大地盖住。我才知道，天黑需要乌鸦帮忙。它们用嘴叼起这块单子叫夜色，也可以叫夜幕，把它拽平。我头顶有七八只乌鸦，其他的天空另有七八只乌鸦做同样的事。乌鸦叫着，模仿单田芳的语气，呱——呱，反复折腾夜色的单子。如果单子不结实，早被乌鸦踢腾碎了，夜因此黑不了，如阿拉斯加的白夜一样痴呆地发亮，人体的生物钟全体停摆。

人说乌鸦聪明，比海豚还聪明。可是海豚是怎样聪明的，我们并不知道。就像说两个不认识的人——张三比李四还聪明。我们便对这两人一并敬佩。乌鸦确实不同于寻常鸟类，黄昏里，夜盲的鸟儿归巢了，乌鸦还在抖夜空的单子，像黄昏里飘浮的树叶。路灯晶莹。微风里，旗在旗杆上甩水袖。

在黄昏暗下来的光线里,楼房高大,黑黝黝的树木顶端尖耸。这时候每棵树都露出尖顶,如合拢的伞,白天却看不分明。尖和伞这两个汉字造得意味充足,比大部分汉字都象形。树如一把一把的伞插在地里,雨夜也不打开。在树伞的尖顶包拢天空的深蓝。天空比宋瓷更像天青色,那么亮而清明,上面闪耀更亮的星星。星星白天已站在哪里,等待乌鸦把夜色铺好。夜色进入深蓝之前是瓷器的淡青,渐次蓝。夜把淡青一遍一遍涂抹过去,涂到第十遍,天已深蓝。涂到二十遍乃至百遍,天变黑。然而天之穹顶依然亮着,只是我们头顶被涂黑,这是乌鸦干的,所以叫乌鸦,而不叫蓝鸦。我觉得乌鸦的每一遍呱呱都让天黑了几分,路灯亮了一些。更多的乌鸦彼此呼应,天黑的速度加快。乌鸦跟夜有什么关系?乌鸦一定有夜的后台。

看天空,浓重的蓝色让人感到自己沉落海底。海里仰面,正是此景。所谓山,不过是小小的岛屿,飞鸟如同天空的游鱼。我想我正生活在海底,感到十分宁静。虽然马路上仍有汽车亮灯乱跑,但可不去看它。小时候读完《海底两万里》后,我把人生理想定位到去海底生活,后来疲于各种奔命把这事忘了。今夜到海底了,好好观赏吧——乌鸦是飞鱼,礁石上点亮了航标灯,远方的山峦被墨色的海水一点点吞没。数不清的黑羊往山上爬,直至山头消失。头顶的深蓝证明海水深达万尺。我一时觉得树木是海底飘动的水草,它们蓬勃,在水里屈下身段,如游往另外的地方，比如加勒比海。我想着，不禁挥臂划动，没水，才想到这是地球之红山区政府小广场，身旁有老太太随着《呼伦贝尔大草原》的音乐跳舞。

其实红山区政府的地界，远古也是海底。鱼儿曾在这里张望上空，后来海水退了，发生了许多事，唐宋元明清各朝都有事，再后来变成办公和跳舞的地方。黄昏的暮色列于天际，迟迟不退，迟迟不黑，像有话要说。子曰："天何言哉！天何言哉！"谓天没说过话，天若有话其实要在黄昏时分说出。

黄昏的光线多么温柔。天把夜的盖子盖上之前，留下一隙西天的风景。金与红堆积成的帷幕上，青蓝凝注其间。橙与蓝之间虽无过渡却十分和谐。镶上金边云彩从远处飞过来跳进夕阳的熔炉，朵朵涅槃。黄昏时，天的心情十分好，把它收藏的坛坛罐罐摆在西山，透明的坛罐里装满颜料。黄昏的天边有过绿色，似乌龙茶那种金绿。有桃花的粉色。然而这都是一瞬！看不清这些色彩如何登场又如何隐退，未留痕迹。金红退去，淡青退去，深蓝退去之后，黄昏让位于夜，风于暗处吹来，人这时才觉出自己多么孤单。黑塞说："没有永恒这个词，一切都是风景。"

黄昏无下落

是谁在人脸上镀上一层黄金？

人在慷慨的金色里变为红铜的勇士，破旧的衣裳连皱褶都像雕塑的手笔；人的脸棱角分明，不求肃穆，肃穆自来，这是在黄昏。

小时候，我第一次感受悲伤是无意中目睹到黄昏。西方的天际在柳树之上烂成一锅粥，云彩被夕阳绞碎，在无边的火池里挣扎奔走，暮霭在滚金里面诞生俗艳的红，更离奇的是从红里变出诡异的蓝。红里怎么会生出蓝呢？它们是两个色系。玫瑰红诞生其间，橘红诞生其间，旋生旋灭。夕阳把所有的碎云熬成了汤，天际只横着一把笔直的金剑。

这是怎么啦？西方的天空发生了什么？我结结巴巴地问大人，那里发生了什么？大人瞟一眼，只说两个字：黄昏。

自斯时起，我得知世上还有这两个字——黄昏，并知道这两个字里有忧伤。我盼着观黄昏，黄昏却不常有，至少天际不老黄。多云天气或阴天，黄昏就没了下落。我站在我家屋顶看黄昏，大地罩上一层蓝色，晴天的黄昏把昭乌达盟公署家属院的红瓦刷上金色，瓦的下檐有凸凹的黑斑。柳枝笔直垂下，如菩萨垂下眼帘。而红云有如在烈火中奔走的野兽，却逃不出西天的大火。太阳以如此大的排场谢幕，它用炽热的姿态告诉人它要落山了，人习以为常，不过瞟一眼，便名之曰"黄昏"。而我心里隐隐有戚焉。假如太阳不再升起，全世界的人会在痛哭流涕中凝视黄昏，每日变成每夜，电不够用，煤更不够用，满街小偷。

黄昏里，屋顶一株青草在夕照里妖娆，想不到生于屋顶的草会这么漂亮，红瓦衬出草的青翠，晚霞又给高挑落下的叶子抹上一层柔情的红。草摇曳，像在瓦上跳舞。原来当一株草也挺好，如果能生在屋顶的话，是一位在夕阳里跳舞的新娘。地上的草叶金红，鹅卵金红，土里土气的酸菜缸金红，黄昏了。

我在牧区看到的黄昏惊心动魄。广大的地平线仿佛泼油烧起了火，烈火战车在天际穿行，在落日的光芒里，山峰变秃变矮。天空盛不下的金光全都倾泻在草地，一直流淌到脚下，黄牛红了，黑白花牛也红了，它们扭颈观看夕阳。天和地如此辽阔，我久久说不出话来，坐在草地上看黄昏，直到星星像纽扣一样别在白茫茫泛蓝的天际。

那时，我很想跟别人吹嘘我是一个看过牧区黄昏的人，但这事好像不值得吹嘘。什么事值得吹嘘？我觉得看过牧区的黄昏比有钱更值得吹嘘。那么大的场景，那么丰富的色彩，最后竟什么都没了，卸车都卸不了这么快。黄昏终于在夜晚来临之前昏了过去。

"我曾经见过最美丽的黄昏。"这么说话太像傻子了。但真正的傻子是见不到黄昏的人。在这个大城市,我已经二十六年没见过黄昏,西边的楼房永远是居然之家的楼房和广告牌,它代替了黄昏。城市的夜没经过黄昏的过渡直接来到街道,像一个虚假的夜,路灯先于星星亮起来,电视机代替了天上的月亮。我一直觉得自己身上缺了一些东西,原以为是缺钱、缺车,后来知道我心里缺了天空对人的抚爱,因为许许多多年没见到黄昏。

伸手可得的苍茫

我有一个或许怪诞的观念，认为霞光只出现在傍晚的西山，而且是我老家的西山。我没见过朝霞，而在沈阳的十几年，亦未见过晚霞，或许这里没有西山、污染重以及我住的楼层过矮。

晚霞是我童年的一部分。傍晚，我和伙伴们在炊烟以及母亲们此起彼伏的唤儿声中不挪屁股，坐在水文站于"文革"中颓圮的办公室的屋顶上观看西天。彩霞如山峦，如兵马之阵，如花地，如万匹绸缎晾晒处，如熔金之炉，气象千变万化，瑰丽澄明。我们默然无语，把晚霞看至灰蓝湮灭。有人说，晚霞并不湮灭，在美国仍然亮丽。在"文革"中，此语已经反动。美国那么坏，怎会有晚霞呢？说这话的大绺子脸已白了，我们发誓谁也不告发，算他没说。而他以后弹玻璃球时，必然不敢玩赖。

观霞最好是在山顶，像我当年在乌兰托克大队拉羊粪时那样。登上众山之巅，左右金黄，落日如禅让的老人，罩着满身的辉煌慢慢隐退。我抱膝面对西天而观。太阳的每一次落山，云霞都以无比繁复的礼节挽送，场面铺排，如在沧海之上。在山顶观霞，胸次渐开，在伸手可得的苍茫中，一切都是你的，乃至点滴。

　　此时才知，最妙的景色在天上，天下并无可看之物。山川草木终因静默而无法企及光与云的变幻。此境又有禅意，佛法说"空"并不是"无"，恰似天庭图画。天上原本一无所有，但我们却见气象万千。因此，空中之有乃妙有，非无。然而这话扯远了。

　　昨天我见到了晚霞，在市府广场的草地上方，那里的楼群退让躲闪，露出一块旷远的天空，让行人看到了霞舞。当时我陪女儿从二经街补课回来。我对孩子说，你看。她眺望一眼，复埋头骑车，大概还想着课程。

光与棋

天黑透,桑园有两人下象棋,在一个废弃的办公桌上。街上的路灯比一百年以前还暗,马路那边照不到这边,当然也照不到棋上。

他俩弯腰观棋,像默哀。他是他的遗体,他是他的遗体。

一会儿,马路车来——绿灯后,汽车汹涌雪亮,一拨儿约二十多辆,下拨儿则要十分钟后——车灯的光在棋盘上爬。他们飞手摔棋,手眼精快,不像下棋,反如抢对方的子。

车净,棋静,两人头对头俯瞰,我觉得他们头上缺犄角。双方均不言声,难道没下错的、悔棋的?看来没有。他们也不抬头等车。此街单行道,车自西而来。

盯着吧,我要回去,已练完九十六式太极拳(二十四式练四遍)。回家躺在床上,想:应该发明一种夜光棋。

准噶尔汗国故城的日出

站在城墙上看日出，故城里面白垩色的土块如同玫瑰色的波涛，火山喷发结束之后凝固此地。这些土块不是草原的土，它们原来是城墙和房子，不长草，如今只负责凝固。往下看，正对着城门的空场过去该是偌大的集市，人来人往，车马喧哗。如今只剩下空气与土。土块里没留下丝毫人的痕迹，比如衣服的碎片，比如刀剑的残骸，连一小片骨殖都见不到。故城好像被海水冲刷过，冲走了这个当年强大的西蒙古汗国。大自然试图把废弃的都城恢复成草原。大自然不需要房子、道路、水渠和井，它的子孙是草、岩石和河流。沙漠也是大自然的子孙，就像冰峰、火山是大自然的一部分。准噶尔汗国故城遗址没有树，荒草少而高，只有阳光每天在耕耘这片顽强的土块。这些土城丝毫没有长草长树的意思，它们在等待故人，等待重新成为城墙和房子的一部分，眼下铺满了阳光。我不知道太阳初升时的光线可以分成多少层。最初的光线可谓破晓，那是把世界照亮的清冷的光。这片光到来时，夜色还没退尽。树和石头背后还藏着静立一夜的黑影。接着，光线的洪流汹涌而来，不止天亮了，太阳正在准备出升。此刻，光线如同加入玫瑰色的经纬丝。这些玫瑰的纱被树梢刮住了大部，落在土地上显不出鲜艳。玫瑰的光很快被后面坚定的金光覆盖。太阳腾跃前，金光是它的近卫士兵，负责鸣锣开道。金光里，天边的云彩十分纤薄，惊讶地迸飞。这些云彩如同火炉的木柴，在它们烧得愈薄愈小愈红的时候，太阳喷薄而出，金红的球体淹没天际的树丛。那些剪影似的树丛变得如荒草一般渺小，举着芒刺般的刀枪欢呼。太阳像被一头巨大的鲸鱼驮着上升，它的光芒照亮了一切。放眼看，周围没什么东西没被太阳照到，准噶尔汗国故城变得干干净净，土块复活了，仿佛集市就要开张。太阳专一地照在城里每一个土块上。土块姿态各异，摆出各式各样的姿势，仿佛还在睡梦中。故城内没有河流，却灌满了阳光的大水。才知道，那些土块的位置都是对的，断壁残垣都刚刚好。土块们显出历经沧海的姿态，在阳光下才看出它们并不荒凉。大自然没有人类眼里的直线、耸立或繁荣这些概念。废墟经过风的一遍遍雕刻，高矮大小已经恰好，好到在清晨的阳光下像一处乐园。

　　鸟群笔直地飞过来。鸟在金色的土块上留下黑影子，像黑色的小兔跑过。风来了，我的意思说云从四方聚拢到故城上方。它们或许每天早上都要来到这里探望，围成一圈儿静坐。云的歌声风里发出，呼啦呼啦钻进我的衣服和裤子，企图把衣服脱下，故城这里万物裸露，早就不时兴穿衣了。云彩在天空排列如城堡之后，太阳坐上天庭的金交椅。它脚下和两厢都是红云。密集的红云固若金汤，不敢留一丝缝隙，怕把太阳漏在地上。它们抬着太阳游历新疆大地。在太阳看来，准噶尔汗国故城的土块离戈壁只有一瞬，离绿洲也只有一瞬，它们的不同只有颜色的差异，内容没差异。正如历史无差异，只是朝代不同。

准噶尔汗国故城如此空寂，它位于和布克赛尔蒙古族自治县，太阳每天在它上方落下升起。当年的准噶尔汗国东起南西伯利亚，西至现今的哈萨克斯坦，拥有额尔齐斯河、鄂毕河、叶尼塞河这三条流向北冰洋的世界大河。这个西蒙古汗国的疆域内有茂密的森林、广阔的草原和沼泽地，占据北部亚洲的核心地带。现在森林还在，河流还在，风还在，国家各叫各的名，准噶尔汗国只遗留一些故城。这些故城正回归大自然怀抱，阳光给予它新的能量，小鸟衔来的一颗草籽可能会长成未来的森林的第一株苗。这么漫长的变化，性急的人没办法看到。

火苗去了哪里

火

蒙古人不让人往火里掷石头、不许往火里泼水、不可以向火吐唾沫,他们不允许轻慢地对待火,就像人不能往自己父亲的脸上吐唾沫一样。

蒙古人认为火是生命,是神灵。

蒙古人这么想很对头,火如果不是生命,世间哪还有生命?所有的命里面——无论是小虫的命、老虎的命、人的命、树的命、云的命——最旺的就是火的命。

火的命长在身体外边,飘摇、高举、蛇的腰、热,能把人烧出油来。火除了怕水,不怕一切。我在大连石油的火灾中得知,火可以把十厘米的钢板烧成纸那么薄,把一米厚的水泥隔离墙烧成粉,把钢板管道烧得吱吱响。火,你到底是什么?请告诉我们真相。

大连的火灾让人知道,燃烧是火,不燃烧也是火。不燃烧的火藏在管道的油里,遇到氧气才现形;现形之前,它仍然是火,只是人类的眼睛看不见。它用热辐射把金属灯柱烤弯,剥夺人身上的汗液甚至唾液,这就是火。

火像花朵,是跳舞的花朵。火苗们手拉着手跳转圈儿舞,橘红的火焰镶一层红边儿,白色的火焰镶一圈儿蓝边。火的头发如烈马之鬃,火是一匹马。

用火柴点燃一张纸的时候,纸抽搐,曲折的黑色边缘收缩。火苗初起很小,火好像胆子也很小,烧大之后,火伸开腰,吞掉纸吐出灰,火随之消失。

释迦牟尼佛问弟子:火苗去了哪里?

是啊,火苗去了哪里?纸烧没了,木柴烧没了,煤烧没了,火也没了,但木柴有灰烬,火却无痕。火到底去了哪里?正如它来之前曾藏在一个地方,那个地方不是火柴盒,也不是打火机。火那么大,那么旺,没有一个地方能藏得住火。火在哪里待着呢?

旧日的油灯里有另一样火。油灯的火苗如一颗黄豆,不大不小,像一颗左右挪动的金豆子,这是儿童的火,又像安静的农妇的火。这个火不野,也不跑,它熟悉农民的脸,认识母亲缝衣的针线。油灯照过并读过许多旧时的书,现在的话叫"通晓国学"。

秋天,我在悬崖上看见一小片枯草,金黄贴在地皮上。风往悬崖刮,我点燃这片草。正午阳光,竟看不到火苗。火苗在阳光下穿了隐身衣,而草在一瞬间变成黑色,好像黑的灰烬占领了金黄的草,黑色一直冲到悬崖边上。我觉得很神奇,像一只变魔术的手把草变没了。

一位参加过大兴安岭灭火的老兵问我:如果山下树林起火,卷到你所在的地带,你往哪里逃生?

我说逃到没起火的树林里,肯定是这样。

他说,起火天一定是刮风天,火跑得比你快。你背着火跑，肯定被火烧死。

我讥讽他：难道往火里钻吗？

他说对。凡是在山火中活命的人都是往火里钻的人。火的燃烧带只有几米宽，最多十多米宽。人用三秒钟就可以跑出十米远，跑过燃烧带，就是火烧过的安全地带。

他说得有理，越想越有道理。

大凡面迎困难的人，困难都没有人所想象得那么艰难。山火中，丧命最多的是动物。动物肯定顺风跑，它们不敢往火里钻，结果被烧死。人的聪明这时候有了用处，顶着火跑，保住了命。

暗夜里，火是乱发的武士。火好像全是雄性，全急躁，全追着风往前跑，只不过木柴和煤扯住了它的脚步。火生于大地熄于大地，火是遁形的精灵。人只可扑灭一处火，而不可能消灭火。火和水、和天空大地一样，是永恒之物。

火 柴

　　火柴多好啊,像一排戴红帽子的孩子躺着睡觉。火柴燃烧之前,要"哧啦"一声,昭示开始。火,这么神奇的东西,怎么能像手电筒那么平庸地白亮呢?火在火柴棍上笑,晃着圆圆带光的脑袋,做出红焰和白焰两种表情。如果我们到了一个没去过的地方,比如说穆日根家里的地下室,四周黑暗。那么掏出火柴来,哧啦!周围一切深深浅浅暴露出来。黄漆的木箱。书,定睛看是《青年近卫军》。筛子,箩,镐头和养蜂的箱子(他家怎么会有养蜂的箱子呢?)。我们总能找到喜欢的东西。这时,火苗摇曳,这些东西的影子也跟着摇曳,像有腰。火柴熄灭了,骸体如一根迅速退却的红丝,烫得指尖疼。再点一根,这些东西又出现了,摇晃。这时,如果有电灯,亮得一览无遗,多么煞风景。电灯,就像糖精水、方便面与卡拉OK一样,抹杀了许多事情的快乐。

　　我们不明白火柴头和磷片一擦,为什么火苗腾起,也不想听这里面的道理,于是一根又一根的擦亮,扔掉,又擦亮。在匮乏的年代,这是我们玩得起的一种玩具。我们感到火苗是活的,就像电灯是死的。划火柴

时,伴随着手势和动感。而今,打火机和电子打火灶把火柴挤出了生活之外,孩子遇到这个词还要查字典。那边,父母说:

"那是古人用的一种东西。"

火柴的隐秘、炽亮,映红我们脸膛的一瞬,像对许多原初和富于创造的事物一样,我始终抱有悠长的怀想。

火的伙伴

在大雪飞落的冬季,烤火成为一个甜美的词。

人们出去、进来,仿佛是为了接近烤火而做一些准备。

烤火的姿势最美。伸出手,把手心与动荡的红焰相对。你发现手像一个孩子,静静倾听火所讲述的故事。

我爱看烤火的手,朴实而温厚,所有在劳动中积攒的歌声,慢慢融化在火里。抓不住的岁月的鸟翼,在掌心留下几条纹,被火照亮,像羽毛一样清晰。

烤火的男人,彼此之间像兄弟。肩膀靠着肩膀,脸膛红彤彤的,皱纹远远躲在笑容的阴影后面。用这样的姿势所怀抱的,是火。像他们抱庄稼迈过田埂,像女人抱孩子走到马车边上。

烤——火,这声音说出来像歌声结尾的两个音节,柔和而亲切。说着,火的伙伴手拉着手从指尖跑向心窝。

你在哪里看过许多人齐齐伸手,在能摸未摸之际,获取满足。这是在烤火,火。

在北方,田野只留下光洁的杨树,用树杈支撑着瓦蓝的晴空。雪后,秋天收回土地上的黄色,屋舍变矮,花狗睡在炕梢,玻璃窗后睁着猫的灵目,乌鸦飞过山冈。

雪花收走了所有的声音,河封冻了。这时,倘若接到一个邀请,倘若走进一个陌生的人家,听到的会是:

来,烤火,烤烤火。

火　花

夜里在涪江岸上跑步。没有月色，江水在江心岛灯光的照耀下看出来一点流淌。跑步的岸是大坝修成的花园，有树、畦花和拿鼻子问路的狗。

在坝上跑了四公里往返，看江水却看不清。尽管看不出江流，它也不像一块地，淡淡集合着天光，却比天窄。即使江面漆黑，人也能感觉江在默默地流。跟白天的奔涌相比，江水在夜里好像白流了，它不知自己身在何处。比如水岸用彩灯连缀的几个字——桃花岛。我想起东坡夜游赤壁，倘若没有星月，小舟载人在江上泛流，也不知人在何处。

在坝上跑步放不开腿脚，不光天黑，是没理由在坝上狂奔，会让树下接吻的情人恼怒。人静你动就是一种冒犯。有一条狗跟着我，我怕狗，四下找它的主人。但它无主人，从它轻佻的举止就看得出来。过去，我跑步因为遇见狗追把脚崴了，这回恐怕会被它追进江里。我站下，它假装嗅护栏下面的草；我快跑正中它意，撒开四爪飞奔；我慢跑，它用小碎步迎合。我想我怎么会遇见这样一位跑友呢？我怕狗是因为我觉得一定会被狗咬到，被咬部位必定是腿肚子而非别的地方。我仿佛体验到腿肚子的肌腱被狗牙咬的痛楚,两排牙印清晰可见。这时候最想学狗语,警告它不要再追我。然而,现学狗语来不及,只好用汉语斥它:去,别追了,停下。这条白毛、肩膀带黄斑、腰身细长的狗站下,用不解的眼神看我,仿佛受了冤屈。我说这不算冤屈,你干点别的吧!狗听了这话大吃一惊,掉头跑去,消失在夜色里。看来,"你干点别的吧。"在狗的语言系统里是一句可怕的话,相当于人类说的"我要拆你房子"。

我向北跑到桥下,折返往彩灯的"桃花岛"方向跑,跑了大约两公里见路边有烛光。

跑近了看,烛光在白色花岗岩的护栏下放射红晕。路到头了,烛光下面是野草的陡坡,有好心人(民间人士)点燃蜡烛警示。蜡是庙里用的大红烛,上粗下细,有插入泥土的铁钎子。它的火苗远看红色,近看枝橘黄,再近看是两束白色的火苗。

我蹲下端详烛火,看着稀罕。很久没看到火了,家里做饭的天然气火被锅盖着,看不到。而且,天然气像木梳一般滋滋响的蓝火是工业的火,没烛火那么生动舒展。

涪江坝上的两团烛火一高一矮,像比赛跳高,有表情、有笑容。我想了半天想出一句话:这是活的火。离开它们回头看,两朵微焰合成了一团红晕。那么好看,却说不出词来形容它。它的温红在夜的风里摇摆,我想起了一个词:火花。一瞬间,我为创造这个词而生出"天将降大任于斯人"的惊喜,火花,了不起!过一会儿,想到这是早有过的词,也许用了一千年了。转而敬佩创造"火花"这个词的人,他不跑步,没被狗追也能造出如此妙词,了不起!

火琉璃

最华丽的东西是火。它烧起来，身子左右扭摆，雍容如绸缎。绸缎是对火外形最贴近的描述，尽管人不敢用手去摸它。火碰人，但不让人碰。火苗软，四肢如婴儿身体一般卷曲自如。冰冷的铁遇到火，说火比水还要柔软。火的手像在水上吹过波纹的微风。许多东西害怕火。但火不清楚这件事，它想摸一切东西，从山峰到花朵。火把双手放在冰上，想把冰抱起来，但冰开始流泪。冰的全部身体只是一滴泪。对人来说，泪是心里的水。悲酸的人用眼睛在心的井里汲水。心脏和眼睛中间没铺设管子，水从心爬上眼睛很困难。泪水爬上眼睛是想看一看那些不幸的人。牧民的草场被开矿的人占了，补偿费寥寥无几。他们给有草场的人当牧工，冬天买不起取暖的煤。被圈进城镇的农民在街上卖菜，卖一天菜赚的钱折叠起来没有火柴盒大。泪跑出来看他们，引出来更多的泪水围观。失去草场和土地的人，四十岁苍老得已如一段炭，生命一点点变短，灰烬被风吹走。冰从火的怀抱跑脱，化为水，土地留下黑黑的背影。冰想看看火的模样，但睁不开眼睛。大体说，火焰高鼻梁，像观世音菩萨一样微合眼帘，身形似坠露。

火的衣衫比绸缎更明亮,如琉璃般的罩光,又如向上飞的鱼。金红的鱼从火里蹦蹦跳跳,钻入虚空。它们红脊红鳍,像筷子一样细,没有网能收拢这些鱼。有人说火家族的相貌全一样,说的不确切。非洲人长相各式各样,但在外人看来全一样。有个中国人在赞比亚被偷了钱包,警察抓到三个嫌疑人让他辨认。丢钱包的人沮丧地说,这三个黑人长得全一样,让我怎么认?火有红脸金脸蓝脸白脸,相貌不一样,它们的身段瞬息万变,跳着各自的舞。

人类的视网膜比较简单,看东西只看个大概。人看不清飞鸟扇动翅膀,而鸟会看得清。鹰的眼睛在一万厘米高空能看清兔子在草丛里拉屎。人差远了,别总吹自己伟大,连伟哥都够不上。幸亏动物们听不懂人类的广播,听懂得羞死。动物们看清了火的舞蹈。火烧起来不仅往四外飘,还在跳重重叠叠的群舞。每一束火实为云母片般重叠的薄翼。火分成一层又一层。如果你眼睛够尖,会看到它穿着一件又一件火纱衣,又一件件脱掉。人永远看不到火的胴体,除非你进入火而又不燃烧。

火的热烈让它交不到朋友。它拥抱松树就毁了松树,它抱住庙宇就毁了庙宇,火永远孤独。火捧起矿石,眼看着液体的金子从石头里流出来。石头流出黄铜黑铁的汁液。火不知这是为什么,是什么让金子汁液从石头里渗出来,像水一样?而火跑进森林里,见到更多的火,火从树上跑出来迎接火。这些火以前住在树里吗?火不知道这是为什么,正如它不知道美丽的树何以化为焦炭。

富兰克林发现了电,又发现电不可贮存。粮食、煤炭和金币都可以放进一个地方，电却不能。铁箱子尤其不能装电。富兰克林试过把电装进什么东西里，但上帝没创造这种东西。爱迪生听说这件事后让电在电灯里消耗掉，为了卖钱。世上可存的东西是人的东西，比如衣衫和存款。不可贮存的东西是神的，比如火和电。不可存的东西都不让人摸，火以及电。火似乎藏在任何地方——木头里、煤里、纸里。小时候玩火，看到火吞吃一张白纸，纸只剩乌黑的小角最终消失，火和它同一秒钟消失。这时心里怅然，想知道火去了哪里，但不知道它去了哪里。它从其他的地方出现，如炉膛。火出来了，披着明晃晃的琉璃绸缎，一步三摇，把煤和木头烧尽之后又跑掉。火，它到底是什么东西呢？

火苗去了哪里？

佛说：请拿一支蜡烛来。

弟子们拿过一支蜡烛。

佛说：请点上。

弟子点上，光明在前。

佛说：请把蜡烛靠我近一些。

蜡烛靠近佛。佛吹一口气，烛熄。佛问：火苗到哪里去了？

弟子面面相觑，答不上来。

火苗去了哪里？并不是问它是不是熄灭了，也不是回答浸油的棉纱在有氧条件下燃烧，是问刚才那一朵火苗，到哪里去了？

并不是眼见的东西才存在。流星从天空划过时，它在当下的时间已不存在。传到人的视网膜上的星光，只是多少光年之前的光。那么，人们不得不接受一个乖谬的事实——见到了一样早已不存在的东西：流星。

眼睛（光的感受器）和时间，遮蔽了真相。

即使如真相，也只存在于一定条件中。

火苗作为一种现象，它存在的依据不是油脂和棉纱，是火苗闪亮之前的广大的黑暗。火苗和黑暗并存，火苗如果"去"了什么地方，也是回到了黑暗中。

人所看到、所感知的事物，多是个体，人们习惯并依赖这一点。比如见到孤立的人、房子、声音和色彩。但事实上，世上什么事物都没有孤立存在过，是人的假定。

譬如，量子力学发现，一个原子可以在两个地方同时存在，这几乎是人的惯有思维所不能理解的。

譬如，天空无所谓蓝，这是光谱顺序，是地球对太阳的角度对人而言所形成的颜色。说蓝是有条件的颜色亦可，说蓝是一种假象亦无不可。

那些自称坚持真理的人，不知道有多少人在坚持谬误。他们坚持的大多是已知和旧知。

说火苗并没有存在过，亦无从消失，也算一说。分从哪一种角度和向度观察，这不是诡辩，也不是虚无，只是告诉人们别太固执己见。

弟子问佛陀：如果一尊神死了，它去了哪里？佛说：请拿一支蜡烛来。点亮、吹灭。问：火苗去了哪里？……

走到哪里都认得出火的模样

我记不起小时候第一次见到火是什么感受，小孩子见到什么都抓一下，如我爸说"蒙古人的手里长着眼睛"。但火不可抓，人一生也抓不到火，最后却被火抓走了。

火是一朵花。这朵花颤抖、试探，包裹一圈儿火芒。西班牙诗人阿莱克桑德雷说："所有的火都带有激情，唯有光芒孤独。"夜里，光芒为火镶一层边，像雾，像麦芒。光芒和火中间有一层空隙，仿佛把火苗安排到一个玻璃罩里。这是说火苗，油灯和火柴上的火苗。火苗是火的孩子吗？它弱小，但与大火同样明亮，穿着同样的衣衫。

火穿着一模一样的衣衫，由红黄蓝白四块布幔缝制。在阳光下，火的衣衫被剥走，它成了透明人。火除了衣衫，没有其他家产，它的身体长在衣衫里。在斯图加特的索里图山边上的熊湖岸上，在南西伯利亚的安吉拉河边，我见到与故乡一模一样的火。

火在夜里笑，微笑或大笑取决于风势。人盯着火看一会儿，感到其实它想跑，被什么东西拽住了脚。火的脚跟绑在木柴上，绑在煤和油里，不然早跑了。火盼望像鸟一样高飞，在松针上跳跃，听松树暴跳如雷。火倾出身子，缩回来，柔软之极，它比花草和水更像舞蹈演员。火像一朵莲花，这用斧子劈不开的花，如同斧子劈不开一滴水。火和水包住斧子又放开斧子。它是色、又是空。火是实体，却没有重量。用秤估算不出火的重量。火像荆棘，满身有刺。火像锦缎一样光滑细腻。我摸不到火，却感到了它的光滑，火的皮毛比狐狸更光滑。皮毛从火的颈子流泻，由红色变为金红，转为空心的蓝。火的蓝比天的蔚蓝更浅一些，屁股坐在一个白盅里。自然这是火的白盅。在光里面，红与蓝常常相邻，由金黄联结，黄昏的天空也是如此。

火苗的形状如一滴水，这滴水从地面向天空生长。火苗的苗跟植物的苗一样往上方延伸。但火苗更像一滴水。这滴水遇到外物散开包抄，像莲花打开叶片。火的顶如莲花的顶，点染一点红。

火睡觉的时候并没有熄灭，炭才是它的梦乡，多少火苗在炭里相拥而眠。在薄薄的灰烬里，火已睡熟。"剥"的一声，是火的梦话。火在炭里多么安静，像婴儿那样恬然。它拱起圆圆的脊背如熟睡的猫。风走过，炭火的火星惊起，跳进夜色里再也回不来了。

在黄泥铁桶的小炉子里，火倾听小米粥的歌声。粥的歌声跟打呼噜差不多，咕嘟咕嘟，吹起一些泡儿又吹破一些泡儿。火沉湎于这些歌声，它闻到粮食的香气塞满四外每一个缝隙。火奇怪，它在铁锅下面奔跑。为什么传来粥的歌声？铁锅是世上神物，遇火每每发出不同的奇香，黍米之香，菜蔬之香。起初，火以为铁是香的，后来得知锅里有米，米香即是大地之香。

火是蒙着眼睛奔跑的精灵。火看不到任何东西。它见到木柴时，烟挡住了它的视线。它见了黑夜，夜退到远方。火焰的光芒隔离了火的视线。火在阳光下睁不开眼睛，火在枯枝上爬行，火在草绳上模仿一条蛇。

不烧的时候，火待在哪里？这个疑问与火苗去了哪里一样令人困惑。不能说火藏在木头和煤里，它同样藏在布、干草甚至塑料里。铁和石头撞击蹦出火星，火什么时候钻进铁和石头里了？在凸透镜的照射下，火从纸里跑了出来。是的，火藏在一切地方，是火柴、打火机、铁和阳光让它跑出来，它在那个地方沉睡久了，被火唤醒，急急忙忙跑出来。火在煤的身体里睡了多久？至少睡了几亿年。火从阳光的梯子爬进树里，树在地里化成煤最后变回来，成了火。

可是，火熄灭之后又去了哪里？

黑夜里，火张望、扭捏、奔跑。火哪儿也没去，最后却失去了踪影。夜和枯枝上找不到火的身影，连枯枝也被火拐走了。火所去的地方，人看不到。世界或许分成许多层，人的眼睛只看到其中一层，如同音波的一段频率。在人的眼皮底下，人看不到的东西太多了。人看不到身边的鬼神，看不到自然的征象，看不到光之外的其他颜色。人眼是如此简单，结膜、角膜、虹膜，加上视网膜，怎能看清周围的一切？

火只有一个模样，火不分外国火与中国火。火有金红的面容，有白与蓝的脸谱。火把自己的脚拴在风上。风到达的地方，火也到达。火把干树枝烧得像铁丝一样红，它的躯体或者叫能量凌空而去，化为碳的另一种形式。

如果用火讨论万物，万物的本质都是碳。而且万物都不会消失，不生不灭，只在火里变换了一种形式。它们在人眼中消失了，在大自然的循环中却没消失，也消失不了，永久循环。

火让白雪变成冰凌的酥片，化为水。火让水在壶里跳跃，无数小气泡化为大气泡，变成旋涡。火藏在酒里，穿着蓝色的衣服。火穿红衣从炭里走出来。如果想到人的周围藏着火，有一点吓人。但火是如此沉静，它只待在它待的地方，打骂都不出来，只有火才能把火引出来。火毁灭过万顷森林，竟安静地藏在一张纸里沉睡。火……

雪落在雪里

残雪是大地褴褛的衣裳

快到春分了,田野上一块一块的残雪好像大地的黑棉袄露出的棉絮。我小时候还能看到这样的棉袄。人们的棉袄没有罩衣,而棉袄的黑市布磨破了,钻出来白棉絮。这是很可惜的,但人没办法——如果没钱买罩衣就是没办法,打过补丁的棉袄比开花棉袄更显寒碜,打补丁的罩衣反而好看。

大地不穷,否则长不出那么丰饶的锦绣庄稼。然而秋天的大地看上去可怜,它被秋风杀过,草木有些死了,活着的草木守着死去的衰草等待霜降。那时候,地平线突兀出现,如一把铡刀,铡草、铡河流、只有几朵流云侥幸逃脱,飘得很高很远。春天里,贫穷的大地日见松软,下过雪而雪化之后,泥土开始丰隆,鸟儿在天空上多起来。昨天去尚柏的路上,见一片暗红的桃树刷着一米高的白灰,像一排穿白袜子的人等待上场踢球。桃树的脚下是未化的、边缘不整齐的白雪。这真是太好了,好像白雪在往树上爬,爬一米高就停下来。也像树干的白灰化了,流到地面上。这情景黄昏看上去格外好,万物模糊了,但树干和地上的白依然坚定。黄昏的光线在宽阔的蒲河大道上列队行进,两旁的树木行注目礼。黄昏把光线先涂在柏油路面上，黑色的路面接近于青铜的质感——如果可以多加一些纯净的金色，但夕阳下山了，让柏油路化为青铜器的梦想半途而废。夕阳不知作废过世上多少梦想。眼下，树枝几乎变成金色的枝状烛台，池塘的水收纳了不知来自何方的橘红的汤汁，准备把水草染成金色。屋檐椽头的裂缝如挂满指针的钟表，夕阳的光线钻入裂缝里，椽头准备变成铜。但太阳落山了，太阳每天都搞这么一出戏，让万物轮回。而残雪在夕阳里仍然保持着白，它不需要涂金。

春雪是雪的队伍中的最后一批客人。冬天的雪在北方的大地上要呆几个月，春雪在大地只待几天。它飘飞的时候角翼蓬张，比冬雪的绒多，像山羊比绵羊绒多。雪趴在春天的大地上，俯耳告诉大地许多事情，谁也不知道这是什么事情。然后，雪就化了，失去了机密的白雪再在大地上拱腰待着显得不合时宜。它们随时在化但谁也看不到雪是怎样化的。没人搬个小板凳坐在雪边上看它化，就像没人坐板凳上看麦苗生长。人最没耐心，猫最有耐心但不干这事，除非麦苗能长出肉来。阳光让大地的白雪衣衫越来越少，黑土的肌腱暴露的越来越多。每到这时候我就想乐，这不算幸灾乐祸吧。我看到大地拽自己的前襟则露出后背，窘迫。白雪的大氅本是大地的最爱，原来打算穿这件衣服度过三伏天的。在阳光下，大氅的布片越来越少，渐渐成了网眼服。每到这时候我就想变成一只鸟，从高空看大地是怎样的鹑衣百结，棉花套子披在大地身上，殊难蔽体，多好。鸟儿不太费劲就飞出十几里，看十几里的大地在残雪里团缩。雪的斑点在凹地闪光，隆起之处全是黑土。鸟儿鼻子里灌满雪化之后的湿润空气,七分雪味,三分土味。空气打不透鸟儿的羽毛,鸟儿像司令官一样边飞边观察大地上的围棋大战,黑子环绕白子,白子封锁黑子。大地富裕,这么多白雪愿意为它而落,为它的子孙,为了它的墒。帝王虽为尊贵,苍天为他下过一片雪吗?

看早春去荒野最为适宜。所谓荒凉只是表象,树渐渐蜕去冬日的褐斑,在透明的空气里轮廓清晰。被环卫工人堆在柏油路边上的雪被春风飕成黑色的石片,如盆景的假山那样瘦透。这哪是雪啊,它们真会搞笑。

夜幕降临,残雪如海洋上的一块块浮冰,雪块在月光下闪着白光。这时候我又想变成鸟儿,飞到更高的地方俯瞰大地,把这些残雪看成星星。这样,大地终于有了星星,恢复了它原有的美丽。这景象正是我窗外的景象,夜色趴在土块的高处,积雪躲进凹兜处避风。盯着看上一会儿,雪像动起来,像海上的浮冰那样动荡。楼房则如一条船,我不费吹灰之力坐在船舱里航行。积雪在鸟儿眼里变成星星,一道道的树木如同黑黝黝的河流,像流过月亮的河。鸟的飞行停不下来,到处都有残雪。如果一直向北飞,残雪恢复为丰腴的雪原。呼伦贝尔的雪五月才化。

大地穿碎了多少件白雪的衣衫?春天把白色的厚冰变成黑色的冰淇淋,褴褛了白雪的衣衫。地上的枯草更加凌乱,根部长出一寸绿,雪水打湿的枯草转为褐黄。残雪要在春暖之前逃离大地,它们是奔走的白鹅,笨重地越过沟坎,逃向北方。残雪的白鹅翻山越岭,出不了一星期就会被阳光捕获,拔了毛,在春风里风干。

凤凰号探测器报告：火星下雪了……

下雪，像说火星离我们很近。雪花从哪里下到了火星上？哪一颗星辰洒的水滴落在火星上变成了雪？雪到火星上还化吗？

凤凰号探测器没说这是火星第几次下雪，如果这不是第一次降雪，火星上会不会有像喜马拉雅那样的雪山？如果这些雪化了，河流会像毛细血管一样布满火星。

河流？如果火星上有河流，我们想看到河流里的鱼和水草。火星鱼的长相不像地球的鱼，不一定长着梭子头、大嘴。它们的鳍应像翅膀那么宽阔，头和尾巴上长着眼睛。火星上的船帆像扇子一样打开。行船时，火星人也唱歌，看落日满江（可以看得到太阳吗？如果没有落日，就辜负了满江的波光）。火星如果转得慢，河道会比地球的河道直；转得快，庄稼和树都长不高，苹果比牛顿看到的掉得更早。

合众社岁末消息：凤凰号探测器报告：火星下雪了。我拿着这张《参考消息》，看完不知该存放在哪里。

火星，金木水火的火，上面没火。况且，我们说的火——由白变红的火焰——在外层空间可能是另外的形态。水可能也是另外的样子。我觉得火星是一个高级的地方。不高级的地方不会下雪。被雪包裹的火星如同一个茧，却是一个星。比土星洁白，比水星凝聚，比金星明亮，比木星遥远，比天狼星寒冷，比大熊星座脚印更深。

火星竟会下雪，真是想不到。雪——虽然并非人类施力降落，虽然雪也不属于人类——但我们习惯了由雪想到人类。如同说，有人类的地方才有雪，尽管北极没人类只有雪。从此，我们开始惦念火星上的雪人，火星上的树的雾凇和火星上的圣诞老人。如果火星上没有雪橇，地球人理应送过去。灯笼谁送？雪地的夜晚，拎灯笼走路才有趣，脚底吱嘎吱嘎响。如果不送灯笼，胡萝卜和煤块一定送上去，它们是雪人的鼻子和眼睛。更应送地球上的雪，洒在火星的雪上，它们互相观察、问讯、拥抱，彼此打听比人类更关心的事情。地球的雪可能比火星的雪先化或不化，把它堆在一起，标明："地球雪"。

至于地球……，雷曼兄弟公司破产、美国拿出七千亿美元救市、奶粉里面有肾结石的原料、老李耳鸣又犯了……地球上有无数的事情发生，火星只做一件事：下雪。

凤凰号探测器还发现了什么？监测录像每天在美国国土局大屏幕上二十四小时播放，是什么？他们不告诉我们。火星上的雪是不是细腻？抓一把慢慢从指缝淌出水。雪速多少？地球的雪飘得很慢，沉思的慢板。火星雪的化学成分是水吗？有没有金属？

火星下雪了，从此，火星好像成了我们的亲戚。夜晚出家门的时候,朝天上亲戚那个方位看上一眼。既然火星已经下雪,就没有什么不可能。有水,就有生命体与智慧生命体,最好别像地球人类这么奸诈,别这么闹。在这个小城,十字路口有两个人打架,揪着对方脖领子。在红旗剧场,有人踢了乞丐一脚。我想告诉他们:别闹了,火星下雪了。

我用短信把这个消息发给朋友,不怕他们笑话。短信是:"火星下雪了,我们庆祝吧。"即使不庆祝,先把地球上的事放在一边,想:火星下雪了,心里异样的清新,还有一些缠绵。

每片雪都在找一个人

初雪来，下两三场，甚至下了四五场之后，我们才见到可以称为下雪的雪。河水灌满河床才叫一条河，大雪才叫雪。大地下满大雪，房檐堆砌毛茸茸、没有裁齐的边痕，屋顶、水塔、煤堆都胖了，地上有了深深浅浅、东倒西歪的脚印。汽车盖子留下猫的梅花式的足迹。大雪造成吱吱叫的足音，雪人在屋前蠢着，小孩或小狗在雪地撒泡尿，留下黄酥的渣滓洞。大雪给所有的屋顶刷上白漆，虽然马路的积雪化为黑泥，城市的楼顶仍保持着童话的洁白。在装了彩灯的楼顶边上，风吹雪，红色橙色的火焰飘舞。岁末降临的大雪，像带着许多的心事，每一片雪都像找一个人，或者带来上天写给每一个人的信。薄白的信函如此之多，超过了人的总数。这里面包含投给故人的信，投给孔子孟子，或世人逝世的祖父母。无人认领的信最终融化，俟待来年。一人在一年中的劳碌积累、储备流失，都由雪花来阐释，以其丰厚、以其飞散，讲解天道轮回。雨与雪是一回事，有与无也是一回事。富贵即使不如浮云，也如积雪，在轮回中代谢新陈。

雪落在雪里……

雪落在雪里，算是回到了故乡。

雪从几百或几千米的空中旋转、飞扬，降落到它一无所知地方，因为身边有雪，它觉得回到了故乡。

雪本来是水，它的前生与后生都是水。风把它变成了雪，披上盔甲和角翼，在天空慢慢飞行。雪比水蓬松，留不住雨水的悬崖峭壁也挂着毛茸茸的雪花。雪喜欢与松针结伴，那是扎帐篷的好地方，松针让雪变成大朵的棉花。天暖时分，松针上的雪化为冰凌，透明的冰碴里针叶青葱，宛如琉璃。天再暖，冰吝惜地淌为水，一滴一滴从松枝流下，流进松树灰红色鱼鳞般的树皮里，与松香汇合。雪落在松树上，极尽享乐。

白狗背上落了雪，白狗回头舔这些白来的雪花，沾一舌头凉水。雪落多了，狗身多了一层毛。白狗觉得这是走运的开始，老天可以为白狗下一场白雪，世上还有什么事不可能发生呢？雪花落在白马身上，使它的黑瞳更像水晶。没有哪匹白马比雪还白，雪在白马背上像洒了盐。雪使白猫流露肮脏的气质，雪让乌鸦啼声嘹亮。乌鸦站在树桩上看雪，以为雪是大地冒出的气泡，或许要地震。乌鸦受不了在雪地上行走踩空的失落感，它觉得这是欺骗，每一个在雪地上行走的生灵都觉得受到了欺骗，一脚踩一个窟窿，脚印深不可测。

雪填满了树洞，这些树洞张着白色的大嘴，填满雪。灌木戴上白色的绒帽。雪落在河床的卵石上，凹凸不平。石头们——砾石和山岩盖上了被子，雪堆在了它们的鼻尖。雪从树梢划过，树梢眼花缭乱，伸出枝杈却抓不到一片雪。雪习惯于下下停停，雪迟疑，不知是否继续下。雪让乡村的屋脊变得浑圆，草垛变得巨大的刺猬。老天爷下雪比下雨累，道理像打太极拳比做广播体操累。下雨是做操，下雪要用内力，使之不疾而徐，纷纷扬扬。老天不懂野马分鬃，白鹤亮翅根本下不了雪，最多下点儿霜。

雪花死心眼。前面的雪花落在什么地方，它一定追着这片雪也落在哪个地方，或许比前一朵雪花还早一点落在了那里。那里有什么？咱们看不出所以然，看不清雪片和雪片的区别在哪里，雪知道雪和雪长的不一样。雪花千片万片穿过窗户，落在窗下。它们争先恐后降落，就是为了落在我的窗前吗？下雪的夜晚，我愿意眺望夜空，希望看到星星，但每次都看不到。雪花遮挡了视线，直接说，大雪让人睁不开眼睛。当然，你可以认为是星星化为雪的碎屑飘落而下。仿佛天空有人拿一把钢锉，锉星星的毛刺，雪花因此飘下来。我在雪霁的次夜观星，见到的星星都变得小了一些，且圆润。我想不能再锉了，再锉咱们就没星星了。星星虽然对咱们没有直接的用途，但毕竟陪伴咱们过了一生，星星使黑而虚无的夜空有了灵性。

雪让夜里有了更多的光,大地仿佛照亮了天空。月光洒下来,雪地把光成倍地反射给月亮,让月亮吃惊。雪地使星星黯然,少了而且远了。如果站在其他星球观望雪后的地球,它通体晶莹,可能比月亮还亮,外星人可以管咱们叫地亮。有人借着雪的反光读书,我不清楚能不能看清字,首先他不能是花眼。但雪夜可以看清一只兔子笨拙地奔跑,把雪粉踢在空中。雪在夜里静卧,使它的白更加矜持。这时候,觉出月亮与雪静静对视,彼此目光清凉。

雪让空气清新,雪的身上有千里迢迢的、清冽的气味,这气味仿佛用双手捧住了你的脸。雪的气息如白桦树一样干净。跟雨比,雪的气息更纯洁。人在雪地里咳嗽,是震荡肺腑,让雪的清新进入血液深处。雪的气息比雨更富于幻想,好像有什么事情就要发生。是圣诞老人要来了吗?

雪落在雪里。雪和雪挤在一起仰望星空,它们的衣裙窸窣作响。雪的冰翼支出一座小宫殿,宫殿下面还是宫殿。雪轻灵,压不破其他雪的房子。空中,雪伸手抓不到其他的雪,终于在陆地联结一体。水滴或雨滴没想到风把它们变成雪之后,竟有了宫殿。它们看着自己的衣服不禁惊讶,这是从哪儿来的衣服?银光闪闪。

阳光照过来,上层的雪化为水滴流入下面的宫殿。透过冰翼,雪看到阳光橘红。雪在树枝上融化,湿漉漉的树枝比铁块还黑。雪在屋檐结出冰凌,它们抓着上面冰凌的手,不愿滴下。雪在屋顶看到了山的风景,披雪的山峦矮胖美,覆雪的鸟巢好像大鸟蛋。雪水从屋檐滑下,结成冰凌。冰凌像一排木梳,梳理春风。雪在雪的眼睛里越化越少,它们不知道那些雪去了哪里。雪看到树枝苞尖变硬,风从南方吹来。"因为雪,抱回的柴火滴落水珠。"(博纳富瓦)

为孩子降落的雪

雪在初冬落地松散,不像春雪那样晶莹。春天,雪用冰翼支撑小小宫殿,彼此相通。在阳光下,像带着泪痕的孩子的眼睛。春雪易化,好像说它容易感动。冬雪厚重,用乐谱的意大利文表达,它是 Adagio,舒缓的节奏;春雪是 Allegretto,有一点活泼;Cadenza,装饰性的,适合炫技。

一个孩子站在院里仰望天空。

孩子比大人更关心天,大人关心的是天气。天空辽阔,孩子盼望它能落下一些东西。这些东西表明天是什么,天上有什么。雪花落下,孩子欣喜,不由仰面看它从什么地方飞来。

飞旋的雪花像一只手均匀撒下,眼睛盯不住任何一片。雪片手拉手跳呼啦圈舞,像冬天的呼吸,像故意模糊人的视线。雪落在孩子脸上,光润好比新洗的苹果。孩子眯眼,想从降雪的上方找出一个孔洞。

雪在地上积半尺深,天空是否少了同样的雪绒?雪这么轻都会掉下来,还有什么掉不下来呢?他想,星星什么时候掉下来,太阳和月亮什么时候访问人间?

雪让万物变为同一样东西，不同处只在起伏。房脊毛茸茸的，电线杆的瓷壶也有雪，像人用手捧放上去。

孩子喜悦，穿着臃肿的大衣原地转圈，抬头看雪。

没有人告诉这一切的答案，科学还没有打扰他们。就像没有人告诉他们童年幸福，孩子已经感到幸福。

雪的前奏

雪在天地间不疾不徐地漫扬，仿佛预示一件事情的发生。

雪的静谧与悠然，像积蓄，像酝酿，甚至像读秒。我常在路上停下来，仰面看这些雪，等待后面的事情。雪化在脸上，像蝴蝶一样扑出一小片鲜润。这时最好有歌剧唱段从街道传来，如黑人女高音普莱丝唱的柳儿的咏叹调，凄婉而辉煌，以锻金般的细美铺洒在我们身边。这时，转身仰望，飞雪自穹庐间片片扑落。这样，雪之华美沉醉就有了一个因缘或依托。一九二六年四月五日，托斯卡尼尼在米兰斯卡拉歌剧院指挥《图兰朵》的首演，在第三幕柳儿唱毕殉情之后，托氏放下指挥棒，转过身对观众说："普契尼写到这里，伟大作曲家的心脏停止了跳动。"说着，托斯卡尼尼眼里含满了眼泪。

跟雪比，雨更像一件事情的结束，是终场与尽兴或满意而归。包括雨滴唰唰入地的声音。而雪是一种开始。我奇怪它怎么没有一点声音。我俯身查看落在黑衣上的雪片，看到它们真是六角的晶体，每个角带着晶莹的冰翼。原来它们是张着这种晶翼降落人间的。在体温的感化下，它们缓缓缩成一滴水。而树,白杨树裂纹的身躯,在逆风的一面也落满了雪绒。那么,街道上为什么不响起一首女高音的歌声呢?"金矿"苏莎兰唱的蝴蝶夫人——"夜幕已近,你好好爱我。"

我看到了一个小女孩,裹着绿巾绿帽,露出的脸蛋胖如苹果,更红如苹果,与她帽项的红缨浑然一色。我从她外突的脸蛋看出,她在笑。我为这孩子的胖而喜,为其面庞之红而喜。倘若是我的女儿,必为她起名为年画,譬如鲍尔吉·杨柳青·年画。红红绿绿的年画在毛茸茸的雪里蹒跚,向学校走去。

雪就这么下着?

就这么下着。

入夜,把小窗打开,飞入的雪花滑过台灯的桔色光区时,像一粒粒金屑,落在稿纸上,似水痕。纸干了之后,摸一下如宣纸那么窸窣,可惜我不会操作国画,弄一枝老梅也好。

在雪的绵密的前奏下,我不知会发生什么事情。事实上,生活每时每刻发生着许许多多的事情。但愿都是一些好事,我觉得这是雪想要说的一句话。

雪地篝火

我想起以前在雪地燃起一堆篝火,离林子不远。

那时节,在做一件什么事情已经忘记了。燃篝火是在事情的开始,也许是结束之后或中间,但这与雪和火无关。

天空郁郁地降雪,开始是小星雪,东西不定,像密探,像飞蛾,像悲凉的二胡曲过门前扬琴的细碎点拂。散雪试探着落在河岸的鹅卵石上,落在荒地如弃尸般倒伏的衰草的茎叶上,落在我脸上甚至凝不成一滴露水。

我坐在杨树的树桩上,看天空越发阴沉的脸色。雪成片儿了,急急而降,像幕侧有梆子骤催。鹅毛雪应该是这样,使人看不出十米外的景物,邮票大的雪片一片追着一片,飞钻入地,像抢什么东西。不知一片雪由天而落需要多少时间。地面白了,因而不荒凉。树枝分叉的角度间也垛着雪。秋天翻过的耕地,如半尺高的白浪头。

我到林里拣干柴火,找一处开阔地拢火。我把皮袄脱下来当扫帚清理一块地,掏出兜里的废纸引火。初,火胆小,不敢燃烧,经我煽动鼓吹,慢慢烧起来。干柴火剥剥响几声,火苗袅娜扭捏,似乎于雪天有什么不妥。火苗的腰身像印度人笛声下蛇一样妙曼低回，我不断扔干柴，火像集体合唱一样坦荡地烧起来，庄严典雅。

在篝火的上空，仿佛有一个拱形的金钟罩，把雪隔开了，急箭似的雪片仿佛落不到这座火宫殿上。我默默看着火，透过火的舞蹈竟看不到雪的身影了，如同透过雪的身影看不到树林的背景。

想起一位法国人说的话："火苗总是背对着我。"当你在野外观察篝火时，的确觉得火苗是背对着你。它们手拉手跳呼啦圈舞，最得意那束火苗扭着颈子。

篝火不时坍下来，炭红的树枝挂一层薄灰。火堆边缘的泥土融化了，黑黑的如感动的面孔。土地也许认为春天来了，因而苏醒，用潮湿的眼睛看我。

黑湿的土地和雪形成圆的边缘，彼此不进不退。我的篝火仍然不知深浅的高扬，它们也许幻想可以把雪止住吧。

在火周围，雪片仍然肃穆降落，仿佛问题很严重了。虽然惹不起火，但该下还是要下。那些不幸跳入火里的雪片，是惊是喜呢？但雪们谁也没想到这时候大地上竟有一堆火。那时，我穿着白茬羊皮坎肩，腰扎草绳，坎肩里是志愿军式的绗竖线军棉袄。我坐在树桩上，用木棍扒拉着篝火，也许在想家，也许在揣测爱情。总之，我现在已经忘了，那是知青时候的事。

火势弱了，火苗一跳一跳。雪片压下来，落在炭上遂成黑点，伴着微小的声音。我懒得再去弄柴火。雪最后把灰烬覆盖，一切归于平静。

往回走的时候,我发现雪已淹没了大头鞋。抬眼,身后不冻的茫古木郭勒河在夹雪的两岸流成了黑色,它沉缓涌流,间或浮溢白雾,仍有广大的悲凉。

许多年之后,在办公桌前填什么表时,面对"业绩、贡献"一栏,我真想填上:"在雪地里点起一堆篝火"。

下雪时,我仍有这样一种梦想。

雪地狂草

今年沈阳的雪一场连着一场，如果这是兆丰年的话，已经兆了好几次了。马路上的雪被铲过或化过，黑黑白白地斑驳一片。而我家北窗对着的自行车棚恰像一个雪情的记事簿。这个绿色石棉瓦的斜形车棚，上面覆盖着像辞海那么厚的白雪，有如割过的切口，静静地始终未化。

天黑的时候下班，几家饭馆的门口又添了一景，即酒客的溺迹，在雪地上黑白分明。这种痕迹与饭馆明灭的灯光与酒人的声浪仿佛很相衬。

我想起在村里当知青时，早晨上工在雪地上闷头走，偶尔也见这种溺迹。大摊的是马尿，小片的则是狗溲。狗解溲似乎比人尿得更冲，一种急不可遏的形势，雪地黑窟洞然。狗撒尿时像舞蹈演员那样扬着后腿也很有趣，莫非它怕脏了那条狗腿？

开一个小饭馆，必备吧台、大理石地面与影碟机，但不一定自备厕所。因为租来的房子要视原来的情况而定。然而台面的扎啤机并不管这些琐事，金黄带沫的液体照泻不误。饭馆最不宽容与最宽容的两件事便是结账与找地方撒尿。倘在冬天，吃了一肚子涮羊肉与喝入大量啤酒的食客，踉跄推开玻璃门，见漫地皆白，也有了几分诗意。在雪地上，寻个地场使膀胱畅达，边尿边看地上图案，摇着晃着，脑里想着乱七八糟的事儿，也就行了。

  我还目睹一位酒人，在雪地上且走且尿，左右挥洒。我疑心他练过张旭的狂草。

雪不是一天化的

雪不是一天化的。春节过后，雪有步骤地减少。大街的、马路牙子掖着的、树坑里的雪如按计划撤退的士兵，一块块消失，空气湿润。西墙和北墙角的雪比煤还黑，用铁锹掏一下，才见白心。环卫工把雪掏出撒在大街上，像撒盐。我忽然想起，冬天一直有雪，地面被雪覆盖了两个多月，麻雀到哪里觅食呢？

我从不清楚城里的麻雀靠吃什么活着，草和草籽被雪覆盖了，它们吃什么呢？飞行消耗的热量比行走更大，没看到哪一只麻雀在天空像慢镜头一样飞，也没看哪只麻雀饿得一头栽下来。实话说，鸟栽下来，人也注意不到。

麻雀一定掌握好多秘密，比如在大型超市的门前，有儿童洒落的面包屑，或者它们熟知沈阳市皇姑区有多少卖粮食的门市。鸟们了解鸟的秘密。人不妨养成这样一个习惯，在外衣兜儿扎个小眼，临出门抓一把小米放兜里，边走边洒。大街上——即使是雪地——隐隐约约看得到莹黄的小米粒。商店门口，这位白发西装的男人走过，身后有一点小米；那个烫发时髦的女人走过，小米落在脚印上。

雪化了，我看天空的麻雀越来越少，属实说连一只麻雀都没看到。我希望立刻有人纠正我,说麻雀数量并没少,它们飞到了乡村的田野。天道厚朴,给一虫一鸟留出了生路。

都说人乃万物之灵,灵在哪儿?人会造火箭,会给心脏搭桥,会作曲,这一类机巧的事情是万物之灵的例子,可火箭与曲都不是我们造的,是别人。搭桥也是别人搭的。应当说——极少的人是万物之灵,多数人像泥土一样平凡。如果人真的那么灵,能不知道大雪遍地,麻雀是怎样活下来的吗?

人不知道的事太多了。据说月亮圆的时候释放了许多能量,人却察觉不到。惊蛰这一天,小虫身体像被引爆了一样,腾地翻过身,人也没察觉。冬至与夏至这两天,是天地的大事情,人跟没事一样。人觉得股市楼市才是大事。

巴赫的音乐里藏有多少秘密?我们感觉得到却说不出。耳听旋律与织体环环相扣如流水一般流走了,啥也没听出来。我读巴赫的乐谱,想找一些蛛丝马迹,找不出来。听,它们是铜墙铁壁,听不出头绪。巴赫的音乐像DNA的图谱一样严密。我甚至怀疑世上是否有过约翰·塞巴斯蒂安·巴赫这个人。如果没这个人,这些音乐是从哪儿来的呢?他的帕蒂塔(德国组曲)、他的小提琴与人声的奏鸣曲是从哪儿来的?巴赫的后人今天在哪里?能跟他们合影留念吗?这里面的秘密比麻雀在雪天觅食还复杂。

早春的雪化了,水淌进树坑,夜里又结冰。树坑里的冰片不透明,像宣纸一样白。结着气泡的圆,一踩就破了。冰比煎饼还薄，在早春。

　　春天伊始，土地暴露了不知多少秘密，每株草冒芽都泄露了一个秘密。老榆树像炭那么黑，身上结碗大的疙瘩。它们头顶飘着轻软的细枝，像秃子显摆刚长出的头发，这是柳树的秘密。人坐在墙边晒太阳，突然见到一只甲虫往树上爬，真吓人一跳。在花没开、树没绿的早春，它是从哪里来的？冬天里没这个甲虫，春天还没到。会不会有人从海南捉来这只虫，装进口袋，坐飞机飞回东北，偷偷放在这棵树上呢？

太阳在冰上取暖

冰　凌

　　车棚的屋檐,是绿色石棉瓦的斜坡。当阳光越过楼脊照到棚顶的白雪时,绿色开始一点点地露出来。未化的积雪在阴影中沉默,而湿漉漉的绿瓦,在阳光中恣意鲜艳。
　　融化的积水,在背阴的屋檐结成一排冰凌。
　　冰凌像倒悬的羚羊角。它像螺丝一样,一圈一圈的。这么好的冰凌,闪闪发光,真是可惜了。我觉得,仿佛五分钟不到就应该有孩子手举竹竿跑来,稀里哗啦,打碎冰凌,声音如钟磬一般好听。
　　人总是不能看一些东西。有垂柳的湖边,假如没游人经过,或经过的人目不斜视,湖与柳都可惜了;月夜杏花树下,若无一对男女缠绵,好像也是对花的浪费。这样的例子多了。一个人手忙脚乱地喝酒涮锅,满面淌汗,你觉得他朋友不够意思,甚至恨他的朋友,为什么不来对饮?虚掷了这么多热气、汗和该说没说的言语。
　　人爱把心思牵扯到不相干的事情上,像小虫无端被蛛网粘住。我看到这些冰凌在融化。现在是午后,阳光渐渐照在它们身上。孩子们还没有举着陈胜、吴广的大竹竿子呐喊着杀过来。此刻他们在课堂里学那些无味的课文。放学后,冰凌全没影了,天下又有一样好东西无疾而终。

冰的纹

十二岁那年,我随父母到昭乌达盟"五七"干校生活,住的地方有一个大水库。我并不会用立方米这样的术语形容水库的大,只是说,我们住北岸,望过去,南岸的山只有韭菜叶那么一小条,如南宋画家马远的淡彩画,中间都是水。

住水库边上,夏日戏水,冬天在冰上行走。我们企图到对面的山上去看一看,在冰上走过十里二十里路都到达不了,只是山变得葱叶那么宽而已。那时,我们见到了厚重的冰,冻得一两米厚。在冰上走,人不抬脚,抬脚就该挨摔了。鞋在冰面上蹭,脚下是青绿色大块的冰,比玉石跟啤酒瓶子都好看。冰面甚至带着波浪的起伏,好像波浪是一瞬间冻成的。入冬,波浪仍不合时宜地荡漾。风说不许动,波浪吓得不敢动,留下起伏的冰面。人刚上冰,最害怕冰裂的声音——咔、咔,比房子塌了声音还大。不明白的人以为冰在崩溃,其实是冻严实了。天越冷,冰越裂,声音越大。

我下面要说冰的裂纹。

冰纹是大自然最美的景观之一,谁不同意,证明他没见过大冰。裂纹贯通上下，交错纵横，比瓷器表面的裂纹更好看，是立体纹。它们像闪电、像根须、像刀刃，大纹套细纹，巧夺天工。那时没有照相机，要是照下来，每幅都像抽象派的画作。

再说瓷品。瓷器多数是球体，比如碗和瓶都有一个球面积。釉彩在高温烧结下开裂，形成意外的美，包括"冰裂纹"。纹是寻找方向的力，它们在球体开裂，错成网状，像篆书，更像八思巴蒙古字。忽必烈可汗敕令国师八思巴喇嘛弃回纥蒙古字，以藏文字母创八思巴文蒙古字。此字现已失传，大英博物馆现藏一支元代皮囊装的酒，上书八思巴文，意谓"好酒"，说得多质朴。八思巴文字体有点像蜂巢，方正而勾连，如崩瓷纹路。看这些纹会勾起人的好奇心，像看字一样探寻它的意义，这里有乱石铺街的错落，也有树叶纹路的井然。不光瓷器烧结有裂纹，所有动植物的生长都有螺旋性的变化。树叶纹路的网格，是生长形成的分裂。人类青少年大腿的蛇纹，是肌肉生长挣破了坚韧的皮。孕妇的肚子也有妊娠纹。冰的皮、釉的皮、人的皮都会裂开，只不过人类皮肤修复得好，瓷器裂完回不去了。

这些纹路仿佛包含着、吐露着一些秘密，以瓷器最为神秘。远古人用火烧龟甲或兽的肩胛骨来占卜，巫师探究的正是烧裂的纹里的信息，如短信，把它看作某些事情发生前的先兆。这些纹理能预告什么先兆呢？巫师并没留下这方面的解读著作。显然，有些事情巫师解读得准，否则没人找他继续卜。而另一些事他解不出答案，天机不肯泄露与他。纹，成了一套语言系统。老虎皮毛的花纹也有短信，每只虎的纹都不一样，只是没人懂。虎灭绝后，更没人懂了。几年前，我在俄国的布尔亚特共和国见到一位萨满师占卜。他在一只放咖啡杯的白碟子上烧一张纸，吹掉灰，端详碟子上烧出来的花纹。他端起来看了又看，说来客丢失的山羊正在离他家五公里外西北方向的洼地吃草。丢羊的人来自蒙古国的东方省，我祖上曾在那里待过。

占卜结束，我把那只碟子上的烧痕转圈看了又看，想找到羊的履迹，没看出来，觉得烧痕倒像一朵半开的芍药花。

纹，绘画术语叫作线条。线条的功能与书写方式不可穷尽，这也是中国书画恒久的话题。假如我们用完全陌生的眼光看汉字，看阿拉伯文与蒙古文，看回纥与西里尔字母，觉得线条之内之外，宛如神灵驻锡，都奥妙。干脆说，字的线条里面有神灵，与龟甲与瓷器的纹一样超验。假如那个萨满师真通灵，即使看张旭的草书如《古诗四帖》，也能说出东方省的牧民丢失的山羊在哪个山上吃草。

冰　雕

公园门口矗立冰块，集装箱那么大。问做何用，通时事的人说：冰雕。

有道理。罗丹说过，去除物体的多余部分，显示藏在其中的形体和灵魂。我围绕大方冰使劲看，想：藏着什么样的灵魂呢？酒神、王母娘娘、张学友、长颈鹿？都可能。罗丹还说，那是能够呼吸的灵与肉的结合。这些已经包含在半透明的冰里，我们很快就看到了。

第二天，见长发的雕塑家凿冰，艺术刚开始，像破坏一样，看不出什么名堂，围观的人渐渐散了。下午，冰现出一雏形，大约是一巨狮，昂昂然。雕塑家很满意，说上酒吧喝酒。

越日中午，巨狮大嘴和铃铛式的眼睛已暴露，左爪蹬一球。人说狮雕之公母取决蹬球之爪的左右，此狮约雄性。

后来，狮之病脊窄臀显现。狮与虎一样，脊如病弱，徐悲鸿之狮笔意亦此。狮头越发显大，不可一世。只有肚子上的冰还未清除。

再一日，我去观狮时，狮子变小，模糊多水，精锐气泄了许多。天变暖，阳光晒的。和狮头一样，雕塑家头上也流着汗，也有些沮丧。他正按比例把狮子变小，免得别人看不出狮子。

傍晚时，狮已改豹，写好"雄狮"的塑料牌也改成"猎豹"了。豹尾长身矮，头小得像西方的模特，没有大嘴和鬣毛。

早晨，猎豹也缩水了，像刚从水里钻出来的狗。雕塑家沉思。

几个小孩说："改叭拉狗吧。改猫吧。"

还说："改烤鸭吧。"

雕塑家忍无可忍，骂一声，冲过去揍他们，小孩散了。天下最不容易捉到的就是小孩，他们远远地喊："改耗子吧！改跳蚤吧！"

小儿哪懂艺术作品，由大变小，不等于才能的递减。猫未必不是艺术品，但有原来的雄狮比着，就不好办。

"改海象吧。"我向雕塑家建议，并没有侮辱他的意思。海象光溜，咋晒也像那么回事。雕塑家没言语。

这几天出奇地热，天天在零度以上。因为这么一大块冰的融化，公园的空气比往常清新，扭秧歌的人多起来。

雕塑家对作品左观右察，长吁短叹。看来其形体和灵魂都被太阳收走了。他自语："可别扯了。"举起锤子"咣、咣、咣"砸了一通，狮、豹、海象及猫狗均告毁灭，收拾工具，大摇大摆地走了。

在沈阳话里，"扯"有无谓与无聊之意。"扯啥扯"，意思和"无厘头"差不多。

冰窟窿

水深几十米的湖,冰的花纹瑰丽无比。它像一块天地间最大的玉石,焕发着深碧与浅绿的光彩。冰里总有花纹蜿蜒,如当风的绸带,如狂者大草。吴承恩关于"水晶宫"的构想,大约由目睹湖冰而来。由于形容不出湖冰的好看,我才肤浅地以"瑰丽"状之。我想过,若捉来一只蜜蜂、一只彩蝶、一只黄鹂冻在湖里,则更神妙。

想这事的时候,我约十二岁,全家住在红山水库边上的昭马达盟五七干校。

我和同学在水库的冰上疾走,皮帽耳子在风里呼闪。远山含黛,近岸丛林如烟,脚下是不知所终的碧玉。我还想,这么好的冰,水下的鱼鳖定然自豪于所居的琉璃世界。

北京昆明湖的冰,我没有见过。云南滇池可惜不冻。

然而在这上面滑冰很困难,内行人知道这一点。冰面不平,它由动荡冻成。透明的冰太脆,不吃刀。干校几位滑冰爱好者,凿冰窟窿,用水桶取水,泼出一个冰场。水一洒,冻面找平了。浅水冻成的冰较软,吃刀。它像别处冰场一样,白蒙蒙地并不透明。那几位凿冰取水者,不许没干活的人在这里滑冰。

节气过了大雪，水库全冻严了。能冻几尺厚呢？渔民说到四尺了，的确不是一日之寒。

我与同学属于没权利滑冰，也没有冰鞋的阶层，但我们有冰车，单刃与双刃的，用两根铁签风行冰面。一次，有位干校的人弄来一副狗爬犁子，嘴露浅笑，六条黑黄杂毛狗矫健狂奔。我们拎着破冰车看呆了，太牛啦！爬犁渐远，他是到十五里外的名为"王八蛋山"的地方办事去了。我们商议造爬犁，坚决造一只爬犁。三角板、木板、麻绳以至钉子都备齐了，但没动工。我们苦恼于弄不到狗，一条也弄不到。干校有马，但不会借给小孩子玩。我们所能弄到的只是猫，但猫是畜类中最不肯为人效力的动物，再说它也拉不动爬犁。有人提议把连部的老母猪偷着赶出来拉爬犁。还行，连部离水库只有两里路，拉完赶回去呗。大家沉吟许久，最后犹豫了。老母猪已经怀孕，一使劲把小猫崽子下一冰面，我们就倒霉了。干校连以上领导，都是工军宣队的人，整人蛮狠。

爬犁之梦破灭了。

在冰上行走，咔咔之音四起，特别是最冷的时候。初行者最怕这个声音，东张西望不知向哪里走。实际上，冰越响，冻得越结实，过汽车都没事，别说过你两条腿的人。

但还是发生了人掉进冰窟窿里的事情，遇难者是我朋友代什么。在此，我给他起名代五。

代五是我们辽建三团子弟学校六、七年级的班长（两个年级在一起上课。给高年级上课时,你不听就是了,但须肃然坐着)。代五学习狗屁不是,但最喜助人为乐。他把双手放在腰侧提溜裤子时,就准备帮你分忧解难了。代五眼珠浅黄,牙齿洁白,总是明朗地笑着。我把他脸上整体表现的含义,理解为"憧憬"。我就是这样理解憧憬的——现在很好,下一步或明天更好。我认为黄眼珠的人多不切实际,代五正是如此。有时他一提裤子:"操,抓大眼贼去?"我不愿意,因为麻烦。大眼贼即眼睛很大的肥硕田鼠,若以水淹或烟熏法擒住它后,掏开洞穴,会发现该物把洞造得楼上楼下,立体交叉,完全是四室一厅。它的储藏室里,剥去壳的花生米一层层摆着,很齐很红。玉米粒也是这样。用不了一会儿,代五一脸憧憬而来,拎着大眼贼的后腿,说"操!"意味你佩服不?我淡淡地回"操",意谓没啥稀奇。

那天日暮,风把冰面浮雪刮干净了,西边太阳一照,冰上金光灿烂了。我们手划冰车,嗖嗖地,代五划在最前面。突然,听他哀告一声"操——"其声其调凄厉悠长。我们抬头,代五没了。前面空余一根冰锥,代五和冰车与另一根冰锥掉冰窟窿里了。

我们绝望大喊:"操,冰窟窿!"纷纷刹车。

请允许我暂缓叙述节奏,为什么冻四尺厚的冰还会有冰窟窿陷害我们,代五在冰窟窿里多待一会儿无妨。水库在最冷时,冰层越冻越厚。结冰本身是一种膨胀,会"咔"地裂一道缝,常在你脚下裂向前面,但这不表明冰会坍塌。但冰们横七竖八地这样"咔咔"裂,偶然会形成一处坍点。所有的裂纹（不管几尺厚）全部在那儿周延通贯了，即代五进去的地方。

我们退后几步，等代五的脑袋冒出来。

这是为什么？我们不友爱不仁慈吗？不。若有人掉进冰窟窿，外人不要往前跑，否则把窟窿周围的冰沿踩塌，于落水者不利。最重要的在于，掉进冰窟窿的人一定不要挣扎，身体保持立正姿态，憋口气，浮上来时，恰好是出口。这些我们都知道，代五更知道。落水者——特别是会游泳的落水者——在求生的绝望情绪下，却要划动冲撞，头上抵住了无边的冰层。你能抵破冰层吗？你能抵破红山水库方圆（写到这里，我翻开叶圣陶先生《内蒙日记》一九六一年八月二十七日所示"此水库蓄水量达二十亿立方，有汪洋之观"）许多公顷的冰层吗？我还是没查到此水库水面面积到底多大。

过了一会儿，代五还是没冒出来。

我们着急了。代五一定挣扎过了。夕阳断然射出惨淡的血色。代五一定撞到了冰层，没找到冰窟窿，又换了一个方向，又撞到了冰层。冰上，我们几个人目瞪口呆地瑟瑟立着。代五死定了，不知不觉，我努力下咽哽咽。今天写到这里，眼睛仍然泛潮。代五在冰底下多么绝望，除了冰窟窿，其余全是地狱之门。他的棉衣浸水后，会沉重无比。代五能向上冲几次呢？他永远无法憧憬了。

这时，我们中间的一个人（仿佛是隋老腚），大踏步冲向冰窟窿，到跟前，斜仰着跌入水里。冰窟窿又大了一些，又进去了一人。让我们感谢上帝，隋老腚把代五头顶的冰踩塌了，代五第一个冒出头来，面色青紫，伸出僵直的手想抓什么。我们迅速倒伏在冰上，一人捉住另一人的脚，把最后的脚伸向代五。代五抓不牢脚，隋老腚在水里冒出，托起他屁股。我们趴着，是怕冰层继续塌裂。后来隋老腚也上来了。

代五出水后，眼睛分视我们，脸上还在憧憬。他一定觉得很久没有见到我们了。过一会儿，他哭了。他表情已僵了，只是嘴角往下耷拉，说："操你个妈！"就是说操冰窟窿他妈。又说："冰车也没了。"

代五经过冰冻过，眼珠仍是黄的，但再往后他一句话也说不出了，牙齿始终格格。我们让他把棉袄脱下，把水拧净，我脱下棉袄给他。当把拧去水但已结冰的棉袄还给他时，代五似乎留意我的棉袄，我也不肯穿他那棉袄。最后代五还是穿了自己的。

隋老腚不让别人拧水，自己拧过穿上，拎着冰车一言不发在前面走。我把皮帽子给了隋老腚，他跃入冰窟窿时，帽子也沉底了。我用手捂着耳朵，把冰车扔了。上岸后，我们奇怪地沉默着，各自回家了。

好像谁也没跟家里说过这事。

有一次，我想问代五，他在冰窟窿里向上看，是什么景象。我没问，这不人道。我只是想知道，那是什么样子的呢？也是碧绿带花纹的冰，上有天光映照，似更灿烂。

水结冰时终于喑哑

南方与北方的水是两个民族,同属一个语系,分属不同的语族。南水只是水,北方的水有冰的经历。

木头燃烧,可以说木头变成了火。燃烧后,木头再也变不回来了。水变为冰后仍然可以化为水,来去自由。我猜想水多半喜欢变成冰,至少喜欢当三个月的冰。水在冰里冬眠,水终于可以停下来看一看世界什么样。没当过水就不知道流淌是一件多么眩晕的事,比坐过山车更眼花缭乱。不光奔流,还要翻滚。从上层混到底层,再从底层翻到上层。水流遇到石头撞击,遇到山岩和树根,说河水遍体鳞伤并不是夸张的话。流动的水从来没看清过桃花什么样、柳枝什么样。它所知道的事情是岸上的一切都在往后奔跑,水委实不明白它们为什么要跑。水面也有风平浪静的时刻,这时刻,水想看一看四外风景更难,因为水太平,比太平年景还平。水从水平线上只看到岸边的一条,却不能纵身看个究竟。水甚至没见过其他的水,它们疲于奔流,转瞬即逝。说水没见过别的水可笑吗?不可笑,就像人记不住这一辈子见过的人,更记不住在广场和车站的人,人最后记住的人超不过五六个,其中一半是护士和医生。

　　水在冰里见到了所有的水——它的同类和邻居，它们怎么能叫水呢？这些被冻结的水坚硬、透明、没有身体和面孔，有没有灵魂不太清楚。水看到所有的冰都安静地向前方看，谁也不知它们看什么。水搞不清冰们当初是怎么奔跑的，它们的腿和翅膀呢？它们在奔跑中曾经伸出过浪的翅膀，说安静就安静了。黑龙江的冰要冻结几个月，水在冰里集体打坐冥想。水在冰里看不到夏日的鱼虾，也见不到树叶。结冰时，水的耳根清净了，听不到呼啸声和涛声。水奔流的时候嗓门实在太大，水比风的声音更大，结冰的时候终于喑哑。事实上，冰在冻严之后也会出声，咔——，咔——，仿佛什么东西裂了。没错，是冰冻裂了。在冰上走，咔咔声此起彼伏，脚下的冰裂出各式各样的花纹。

　　小时候，我随父母到昭乌达盟五七干校生活，在辽建三团子弟学校读书。冬天，我和同学上下学都要走一走红山水库的冰面。这并不是近路，我们特意绕远在冰上走。人在冰上行走抬不了脚，眼睛盯着脚尖前面的一段冰路。我们用鞋在冰上蹭着走，冰光溜、一点不费鞋。走一会儿，停下看一看远方。那时候还不会眺望这个词，否则就说眺望远方。红山水库的远方还是红山水库，眼下全是冰。冰面延伸到南面的天空，天空下只有几颗米粒似的小山，它们被水库吓得不敢高耸。一望无际的冰比一望无际的水更神奇。水平凡、荡漾、再荡漾，没有更多花样。冰闪耀刺目的光，这么大一个水库一起闪光，真是了不起。

从其他星球看、地球上发射耀眼光芒有赖于红山水库的冰。站在山崖看，冰有柳丝的浅绿，深如翡翠的深绿，还有羊脂一般的白色。水会吗？而走到冰上，它的花纹可用"瑰丽"二字状之。让你好奇于冰下的世界，也就是王八鱼待的地方。有一年，我游历贝加尔湖的左岸和右岸，并眺望。贝加尔湖之辽阔壮丽是八个红山水库加上六个密云水库再加三个小丰满水库都是比不上的，它蔚蓝无边，浪比红山水库的浪大一倍，白两倍。它最神奇处是清澈，我坐船进入湖里，到深处游泳，导游说水深已有三十多米，但湖底的石头、草和贝类一望即知，如隔一层薄薄的玻璃。那时我幻想，贝加尔湖结冰该有多么美，这么多水都冻上了，这不是奇迹吗？是奇迹。但我没看到，今生看不到了。住在贝加尔湖岸边的布里亚特人和俄国人会看到湖水结冰，发出咔、咔的巨响，看湖水融化，如洪水一般冲到岸边。

冰不是水的前世，水也不是冰的父母或子女。水从冰里走出来，排着队，一点一点离开冰。人称"冰化了"。湖里的水等待融化，先变酥，变成煎饼似的薄翼，尔后化为水。从冰里走出的水已苏醒，它们去唤醒其他的水。水趴在冰上，忍着寒冷，像母鸡孵蛋一样让更多的水苏醒。刚化的水并不奔流，它们静静地站在岸边或站在冰上。这时候，青草也刚刚苏醒，身材只有一寸高。青草和水互相凝视，回想在哪里见过。即使见过，也是去年的事了。对草来说，去年就是上辈子，想不起来也没什么关系。没听说谁因为上辈子的事而耽误事的，没事。

水从冰里爬出来,被称为春水。春水在春风里微微画一些圆,大部分才半圆就被风吹散了。它本来想跟冰说再见,不知何时冰竟不见了,这么大的东西,怎么能说没就没呢?

太阳在冰上取暖

雪后的寂寞无可言说。

如果站在山坡上俯瞰一座小城,街道上雪已消融,露出泛亮的黑色,而房顶的雪依然安然如故。远看,错落着一张张信笺,这是冬天给小城的第一份白皮书。

雪地上,小孩子的穿戴臃肿到了既不能举手,也不能垂放在肋下的程度,其鲜艳别致却如花瓣纷繁开放。当一个孩子赤手捧一只雪球向你展示的时候,他的笑脸纯真粲然,他的双手也被冻得红润光洁了。孩子手上的雪球已融化了一半,显出黑色,掌心上存着一汪雪水,有些浑浊,透过它仍看得清皮肤的纹路。

孩子站在雪地,为手里捧着的雪而微笑。这的确值得欢笑,游戏的另一方是上帝。孩子通过雪与上帝建立了联系。

在冬日的阳光上,最上层的雪化了,又在夜晚冻成冰壳,罩在马路上。这时的行人双腿直视举步之处,许多人因此改掉了喜于马路遍览女人的习惯。如果哪个人脚底一滑,手臂总要在空中挥舞几下,决不甘心趴下。倘是向后摔倒,胳膊向后划如仰泳者。向前倒属自由泳式。我看到一位女性右脚一滑,双臂向右上方平伸,我心里热乎乎的,这不是舞蹈"敬爱的毛主席"吗?君不见,当唱到"我们有多少知心的话儿(深沉有力地)要对您讲(昂—昂)"之时,双手攥拳向右上方松开前送,头亦微摆,表示舞者有向日葵的属性。

在雪路上行走,摔跤富有传染性。比如离你不远的行者以迅雷不及掩耳之势摔在地上,你往往也照此姿势摔在地上。预防导致不平衡。

最好的雪景是帕斯捷尔纳克写的"马路湿漉,房顶融雪/太阳在冰上取暖"。

微融的冰所反射的阳光,是橘红色的,在南国看不到。

眺望冰河

在冰河上走,像走在一条蜿蜒无际的哈达上。透明的、浅绿的、檀黑的冰带在正午阳光的照耀下,化成白茫茫的光带,晃得旅人把眼眯起来。

冰河是一条不大的河,名"金英河"。两岸的柳树和榆树已被伐光。树林原是伯劳、黄雀和朱旦红这些鸟儿的故里,现今河岸堆积着建楼房而掘出的沙堆和水泥管子。

正月出奇的暖和,冰河的表面融化了一层。若贴着河面眺望,水汽袅袅升腾,对岸的景物在白雾里扭动变形。在冰河的最薄处,结冰不过一指,看得出下面汩汩的黑而透明的河水。用鸡蛋大的河卵石抛去砸冰,凿成小孔,河水冒出一巴掌高。用更大的石块砸,冰面片片坍塌,碎碴漂在水面上互相撞击。顺着这条薄冰的水流走,得知这股水由城市的下水道流出,因此不冻。而河本身沉默坚固地冻着,在一个悬瀑式坎儿处,看出冰层冻了一米多厚,像洁白光滑的钟乳石。把岩石似的冰凿下来盖房子,想必整个冬天也不会化。

冰河两岸是好看的沙坂,柔软浮光的沙粒已被北国的劲风吹得无踪影了。这儿的沙坂是坚固的,被风刮出松柏的纹理，如一波水纹凝固。从沙纹伸展观察，风吹的方向一律由西北而来。

　　岸上的洼地倒伏着金黄的衰草，它们干透了，碰一下窸窣生响。我拿出火柴做一个烧荒的游戏。在明亮的阳光下，火焰似乎透明无色，其边缘在风势中挣扎扑腾。火像早就饥饿于草了，一瞬，草叶消失变黑。在火势大的时候，见出红与黑的密不可分，红的火一舔，一切都黑了。燃烧原是一幕高雅的典礼。

　　雪白的冰河曲折来去，虽然是凝固的，但河岸曲线依然，还保留着奔流的样子。

　　冰河并不惧惮阳光，它只浅浅地融化了表面的一层，仿佛给太阳一点承诺。内里依然冻得坚实，人行走不妨，拖拉机开过也不妨。

冰雪那达慕

我所见到的最广阔的雪，是在呼伦贝尔。从海拉尔出发，沿途的草原被厚厚的白雪覆盖。厚，说可以看出白雪的体积感。远方的山峦变矮，雪原上的树变矮，那些松树、蒙古栎树树干短了一截，灌木仿佛在雪里匍匐前进。被雪埋没膝部的松树，在离地很近的地方就开枝了。气象学把降雪也叫降水，我看到厚厚的、洁白的水贮藏在草原。明年春天，这些雪变矮、变薄，露出黑黑的泥土，然后钻出绿草和野花。大自然的轮回，在呼伦贝尔这么鲜明。这么广阔的雪，开车行走仍然望不到边的雪，乍一看，感到死寂，觉得南极北极也不过如此。想到这些雪是老天爷刻意为草原储备的，无须水库和水桶，为鲜花和青草储备了成千上万吨的水。这么一想，心里觉得妥当多了。车再走，雪原上出现蒙古包，感到寂静里的生机。

如果你愿意，可以把雪原上的蒙古包看作是摆放在大自然中的装置艺术。雪原上，蒙古包的红门刷着云子图案的绿油漆，包顶冒出炊烟。白毡、黑毡的蒙古包前立着高高的苏力德。间或见到牧民出行，他们身穿鲜艳的皮制蒙古袍，红缎子、绿缎子、蓝缎子面的蒙古袍穿在他们身上，成了白雪上的奇葩。牧民们骑在马上，马蹚着没膝的雪往前，马脖子绷着劲儿向前耸动。牧民戴着蓬松的皮帽子在马上交谈，让人觉得他们很骄傲。在冰雪里不缩头缩脑的人仿佛都有坚毅的品格，但穿得要足够厚。牧民们的红脸膛带着点浅浅的笑容，这样的笑容好像是夏天的大笑的余裕，或者说笑容藏在牧民脸上的皱纹里不出来了，像藏在红萝卜和松树里的笑。

冰雪那达慕主会场位于鄂温克自治旗，参赛选手和观众的服装让我非常好奇。巴尔虎人的缎面皮制蒙古袍上罩一件满清样式的裘皮马褂，毛朝外，有猞猁皮或貂皮。人穿了这么多衣服，胳膊向外扎，贴不拢身上。场地上有几位工作人员来回跑，也穿蒙古袍外罩马褂，他们跑的时候直着腿，膝盖不打弯。其中的原因我完全体会到了——呼伦贝尔特制的厚棉裤让人腿回不了弯，走路全像升旗卫队士兵的正步走。身穿艳丽蒙古袍的人直着腿跑过来跑过去，冰雪那达慕大会马上就要开始了。

大会开始，最先入场的是马队。你看到马队从远处疾驰而来，心就要往上提一下——这些马并没因为厚雪而放慢速度，雪团在它们蹄下纷飞。马骄傲地场起头颅，鬃毛如矢，而骑手们身穿红缎子、绿缎子、蓝缎子的蒙古袍，风把狐狸皮帽子的毛吹成花朵。雪原和马队的上方是蓝得耀眼的天空。如果没有蓝天和刺目的阳光，无从显示蒙古袍的鲜艳。天地人在这里组合生动，尽管有雪，尽管冷，美照样大块绽放。

马队太好看了，可惜转瞬即逝。马从雪地驰过，你觉得它们踏碎的不是积雪，而是各种各样的堡垒。马的宽蹄、滚圆的腱子肉和高高的头颅，让你觉得"勇敢"这个词是从马这儿来的。马无所畏惧，无往不可驱驰却神色宁静。

在金帐汗营地，呼伦贝尔草原各个旗的牧民们载歌载舞入场，祭火大典开始。白雪上，红色、橘红色、橘色的火苗熊熊燃烧，这是上午。原来，我们以为火焰在明亮的阳光下显示不出颜色。这里的火颜色鲜明，火的红焰如一面绸子在风中招展。牧民们手拉手围着火堆笨拙地旋转起舞，看上去天真。然而在一望无尽的雪原上见到飞升的大火，你觉得雪原的死寂被驱走了，茫茫大地所缺的东西一下子出现了，那就是火。牧民对火舞蹈，火对着人舞蹈得更欢快。节节上升的火苗像在跳鄂尔多斯抖肩舞、跳哲里木的筷子舞、跳锡林郭勒的博克舞。红焰从白雪里升起，融化于蓝天，牧民们穿着红缎子、绿缎子、蓝缎子面的蒙古袍直着腿跳舞。火已经看到了牧民们纯朴的笑脸，一定会给他们带来吉祥。

图书在版编目（CIP）数据

黎明的云朵 / 鲍尔吉·原野著. — 南京：江苏凤凰文艺出版社，2019.4
ISBN 978-7-5594-2131-9

Ⅰ. ①黎… Ⅱ. ①鲍… Ⅲ. ①随笔－作品集－中国－当代 Ⅳ. ①I267.1

中国版本图书馆 CIP 数据核字(2018)第 107354 号

黎明的云朵

鲍尔吉·原野 著

责任编辑	李　黎
装帧设计	赵　瑾
责任印制	刘　巍
出版发行	江苏凤凰文艺出版社
	南京市中央路 165 号，邮编：210009
网　　址	http://www.jswenyi.com
印　　刷	苏州越洋印刷有限公司
开　　本	880×1230 毫米　1/32
印　　张	8.875
字　　数	177.5 千字
版　　次	2019 年 4 月第 1 版　2019 年 4 月第 1 次印刷
书　　号	ISBN 978-7-5594-2131-9
定　　价	38.00 元

江苏凤凰文艺版图书凡印刷、装订错误可随时向承印厂调换